碎
餐
廳
松尾由美
YUMI MATSUO

臺灣的各位讀者，大家好！

二〇〇〇年下半年時第一次和家人造訪臺灣（如同大部分的日本人一樣），從此便愛上臺灣，前前後後又去了臺灣大約有四次。

攀登臺北一〇一大樓、漫步迪化街、深受新舊混合的城市魅力所吸引，當然有趣的食物也深得我心！

我用上班族時期所學的中文片語和遇到的人溝通。由於我的中文不好，想當然耳，直接使用日文溝通得比較順利。

沒錯，來臺灣令人開心的一點就是遇到許多很喜歡日本的人，像是「很喜歡日本文化」「去日本旅行很開心」「下次還想再去日本」等等。

我們日本人很喜歡臺灣，原來（大概）並不是單戀而已。

現今全世界籠罩在疫情的陰影之下，衷心期望不久的將來疫情能夠消失，人們能像以前一像往來各地。

在那天來臨之前的這段時間，我出版的書代替我這個人先去臺灣的書店，真的非常開心。

收錄在本書中的短篇，是二〇〇三年到二〇〇五年刊登在雜誌上的作品。付梓成冊是在二〇〇五年秋天。主角使用的不是智慧型手機，而是行動電話。

主角寺坂真以是位年輕的女自由寫手，替她解決煩惱的軍師是幸田春婆婆。春婆婆的特徵是一位和藹的老婆婆，而且非常聰明。她憑藉著自己的人生經驗與洞察力，一一解決了真以遇到的各種（從日常小事到犯罪案件）謎團。

承接阿莎嘉克莉絲蒂筆下的珍・瑪波女偵探系譜——我本身也嚮往成為那樣「睿智的老婆婆」之一，但春婆婆有一個和前輩們極大不同的特徵。

那特徵究竟是什麼，就讓各位讀者從故事中發覺吧——

松尾由美

目次

蛋糕與戒指的謎團

1

早晨灑落的陽光下，沿著白色建築物有些髒的牆壁往門口走去。

穿過門口進到裡頭時，先斜眼確認窗邊的座位是否空著。其實沒必要這麼做，至少在早餐這個時段裡，這家店很少是客滿的。

我名叫寺坂真以，是替各雜誌寫稿的自由撰稿人。大學畢業後，因諸多原因辭去任職五年的公司，我在職中就兼職寫稿，正拚命努力將兼職變成正職的本業。現年二十八歲，在東京近郊租的公寓裡一個人生活。

只要有工作就來者不拒，更正確來說，我很積極爭取工作而獲得各種內容與形式不一的工作機會。從中若能磨練出自己擅長的領域或個人風格的話就太好了，可惜現在還不到那樣的火候(個人覺得)。

除了一週幾次的會議或取材而外出之外，我都是單獨一個人在家寫稿。仍是上班族的時候，覺得能在家裡寫稿子的生活真幸福。的確也是——扣掉收入這一點，這樣的生活算挺優雅的。最重要是不用每天一大早跟一堆人擠電車。

然而，一旦能關在家裡專心寫稿後，可能覺得這樣很悶，而會為了轉換心情去其他地方工作，這樣的感覺真不可思議。

幾位撰稿前輩和小說作家也都曾這樣說，或將這樣的心情抒發成散文寫下來。因此，活躍於業界收入頗豐的寫作者會有自己的工作室，收入沒那麼多或喜歡到處晃晃的人，就會帶著筆記本、原稿用紙或抱著筆電到咖啡店之類的地方工作。

我當然是屬於沒有工作室的人，所以會將筆電、手帳、手機等塞進背包裡出門寫稿。常去的地方有便利商店或大眾餐廳，不過正因為這些地方餐點便宜且容易久待等理由（也就是想法跟我一樣），而吸引為了各種目的而來的客人，譬如學生在考試前會聚在那裡擬定考試對策，上班族會將手機連上筆電上網搜集資訊等等。

有些店家似乎不在乎有這樣的人霸占桌子，但也常常看到店家貼著「請勿在此工作或讀書」的告示。雖然這也是無可奈何，但覺得自認還算識相（會選擇人潮較少的時段，若人很多就馬上出去）的自己有一點可悲。

結果我變成常常去沒貼告示的店家工作，而我經常造訪的是一家離車站前稍遠，位於街邊的大眾餐廳。

這裡比其他店空很多，尤其很少看到上班族和學生。中餐或晚餐時段生意算是滿好的，但在我光顧的上午時段空桌的情形也不在少數。我想主要是地點的問題吧。從車站步行到這裡距離有一些遠，相較之下，對開車的人來說又太近。

或許因為這樣，感覺這家店的常客比其他店多。常常見到熟悉的班底；稀疏的頭髮梳得整整齊齊，無懈可擊全身穿著黑衣，總是點番茄汁的初老紳士，通常都是各自走進店裡，相約在窗邊的座位碰頭享用早餐——乍看之下關係似乎不太尋常，但從偶爾聽到兩人的談話來看，應該是夫妻的中年男女。

今早我推開門進到店裡，禁菸區裡幾乎沒半個人。背後靠牆的裡頭座位上，也只有一位老婆婆的常客坐在那裡。

這位老婆婆儼然從畫中走出來的一樣。總是穿著和服，一頭白髮繫著髮髻，那是新年年菜裡常見的慈姑形狀，這種打扮經常在漫畫中看到，但如今已很少見到。氣質高尚的圓臉，因為個頭嬌小，整體的印象很可愛。若做成人形公仔販賣的話搞不好挺受歡迎的呢。

我坐在窗邊座位上，點完餐後打開筆記本和筆電。

今天的工作是寫音樂雜誌的稿子。那是一本專門介紹西洋搖滾樂的雜誌，學生時期常被前輩帶去編輯部玩過幾次，對方趁機問我要不要替雜誌寫稿。我偶爾會聊聊自己對幾名音樂家的看法，副總編輯覺得有趣就叫我寫寫看。這麼說來，這本雜誌可說是我自由撰稿者的出道作。

過了幾年後的此時此刻，那位副總編輯或許對我的經濟狀況看不下去了，他甚至讓我寫一整頁的連載專欄，而且還金口一開，不是搖滾樂也沒關係，要我想寫什麼就寫什麼。

每次當這份工作接近截稿日時，我就會煩惱該寫什麼內容。這個月的話是有想法了——有是有，但有點猶豫真的要寫那個嗎？那是幾天前在這本雜誌的編輯部發生的奇妙事件。

女服務生將早餐套餐放至桌上。我說聲謝謝，對方默默點頭便離開。我並不是覺得感覺不好，只覺得這人很陰沉。

這麼一想，這店裡的幾名男女服務生大家似乎都像這樣陰沉。說陰沉可能言之過重，但離開朗活潑的印象相去甚遠，彷彿有一股淡淡不幸的感覺。他們待客有禮，沒什麼特別的問題，但一大早看到這些人陰鬱的臉，很難會鼓起幹勁說：「好，今天也要加油！」

忽然間，我想起貓王的一首歌。

Well, the bellhop's tears keep flowin 唉，服務生眼淚一直流著眼淚
And the desk clerk's dressed in black 櫃檯職員穿著黑色衣服
Well, they've been so long on Lonely Street 唉，他們在孤獨街上已待了很久
Well, they'll never, they'll never get back 哎 他們永遠不會回來——（Heartbreak

Hotel）

那是首關於飯店的歌，若真有這樣的飯店還挺可怕的。即便不將這間餐廳與歌中的飯店相提並論，但飄盪的氛圍一樣卻是事實。

我一邊想著這種事，一邊將吐司塗上奶油。一大早就到大眾餐廳這種不上不下的地方，這樣的客人也是無處可去的可憐人吧，沒資格說店員們「淡淡的不幸」。旁人眼中的我或許就像這樣子吧——

若真是如此倒有點傷腦筋了。我快速吃一吃早餐，邊喝咖啡邊上工。

專欄的字數約是六張四百字原稿用紙。似乎很少，但要將該說的事情整理成那樣的份量，還挺花心力的。更何況，前幾天編輯部所發生的事真的很不可思議，就像是寫到一半就完結的推理小說，所以若只是將發生的事原原本本寫下來的話，讀者也會覺得不滿足吧。

這件事肯定是真的，即便無法解決，也要準備一個最低限度的「結局」，類似「說不定是這樣」之類具暗示性的寫法也不錯。雖然很想這麼做，但那部分卻很棘手——

打了幾行又刪掉，重複幾次後，突然聽到約翰・凱爾（John Cale）的「巴黎1919」，這首不大吉利的前奏。

雖然是首名曲，但餐廳不可能用那種冷門曲子作為背景音樂。那是我的手機來電鈴聲。那種冷門曲子並不是從網路下載來的，而是我一個音一個音輸入至手機裡的。

我忘了切換成靜音模式。一邊暗罵自己，邊快速掃過來電號碼。打電話來的人是朋友山邊留乃。本來在想「拜託這麼忙的時候別來亂啦」卻頓時覺得想跟留乃聊聊。我想問問她的意見，關於接下來要寫的小插曲，到底應該要怎麼寫，抑或是究竟該不該寫。

我看下四周，不知何時老婆婆已不見人影，建築物裡的客人只有我一人。於是我安心地將手機貼在耳朵上，開始說話。

「喂。」

「啊，是我。其實也沒什麼事啦。」

「這我大概也知道啦。」

「幹麼這樣說啊，妳是想說我很閒嗎？我們不都是自由寫手嗎？」

「是自由撰稿者吧。」

「怎樣，自由撰稿者比較了不起嗎？」

「不，也不是。」的確沒有比較了不起。「話說回來，我現在正在寫那個搖滾雜誌的稿子。」

「啊，那個稿子還持續在寫嗎？」

「這是什麼話啊？現在已經是第四回了。因為說了至少會讓我寫半年——總之，我想跟妳討論要不要寫這次的事情。」

「哦哦。」

「前一陣子，我在那間雜誌的編輯部實際遇到的事情。不過，該說是奇怪呢——還是不可思議呢。感覺若要寫在專欄裡的話，應該要有什麼合理的解釋才對。

若是留乃的話不知道會怎麼做，所以想問問妳的意見。看妳的方便。」

「知道了啦，妳就問吧。我都很方便，反正我也很閒。」

她的確是在某個地方聽我說話，雖然不曉得是在哪裡，但透過看不見的電波與可以折疊成小小的機器，我認真開始向留乃說起這件事。

「妳記得那個雜誌的總編嗎？他叫本田省三。」

「他是個樂評家吧？」

「對對，雖然是副總編輯實質上就像總編一樣，但目前名義上總編是本田省三。然後上星期六——也就是三天前，是他的生日。」

「是哦。」

「可是他太太感冒很嚴重，沒辦法在家慶祝生日，於是就在編輯部開了小型的生日派對。傍晚，公司員工和像我一樣常進出這裡的撰稿者一起小聚。」

「挺寒酸的耶，沒在餐廳之類的地方辦嗎？」

「沒有，因為有個男生很會做菜，而總編的女祕書興趣是做蛋糕，所以大家就露一手——似乎是因為這樣，於是大家決定各自帶自己的拿手好菜來，像我這樣廚藝不佳的人就準備酒或買現成的食物。」

當天聚會的人剛好十個。自稱廚藝很好的穴澤用車子載了幾個保冷箱，負責蛋糕的祕書若杉也坐車上，兩人幹勁十足地最先抵達辦公室。其實也有人傳他是不是想載若杉才自告奮勇——若杉長得非常可愛哦！

派對開始的時間是五點，除了主客之外全員都已集合完畢，總編姍姍來遲約遲到了五分鐘。大家拍手歡迎他，但他態度卻怪怪的。問他怎麼了，總編就給我們看左手，平時戴的結婚戒指竟不在手上。

『那個高調的戒指跑哪裡去了？』有人問道。那是寬兩公分以上且整個都是浮雕，非常醒目的戒指。總編說他喜歡高調才會戴這種戒指，但洗澡時很不方便所以會拿下來。

那一天，總編過了中午後就去電影的試映會，先回家洗個澡再去派對——因為他個性瀟灑平時都會這麼做——洗完澡後找了找擺在洗手臺上的戒指卻沒有找到。

「是小偷嗎？」

「唔，洗手臺在一樓，窗戶雖是關著的但沒上鎖。從位置來看，有人從外面靠近，打開窗戶偷偷拿走也是辦得到的。」

「可是，也要知道那裡有戒指才行吧。」留乃講到了重點。「就算是再厲害的小偷，若不事先知道總編出門前會先洗澡，洗澡時戒指脫下來擺放的地方等等的話，不可能會刻意靠近或打開窗戶吧。」

「就是說啊。又或者窗戶其實是開的，路過的人看得到戒指的反光，或是烏鴉剛好進去叼走了。

總之就是沒找到，但他說仔細找的話可能找得到，所以就先來派對了，但總編很沒精神。」

「哦哦。」

「然後我們吃吃喝喝、表演餘興節目等等，反正有很多活動。」

「嗯，然後呢？」

「算是最後的節目吧，食物大致整理完後，若杉祕書的手作蛋糕華麗的登場。這時一打開盒子，大家都『哇！』地驚呼。」

「蛋糕那麼厲害嗎？」

「雖然只是普通的圓蛋糕，但是是特大的，且白色生奶油上用巧克力寫了整面的生日快樂及總編名字等等的字。」

「就這樣？」

「但蛋糕真的很棒呢！做蛋糕的時候，味道要做得好吃很難就不用說了，過多裝飾的話不就顯得很外行？

再怎麼小心翼翼，奶油上也會留下刀子的痕跡，根本沒辦法像店裡賣得一樣平整漂亮——我是這麼想的，但若杉小姐的蛋糕就跟專業的一樣厲害。宛如剛下完雪沒人走過的地面一樣。

蛋糕雖然厲害，但令大家喧譁起來的不只這個，剛剛也說了若杉小姐是美女可能也有關係。畢竟除了穴澤之外，也還有幾個男生為她瘋狂，然後——」

「幹麼啊，別吊人胃口——」

「也有人在傳說總編和她是不是有一腿。雖說本田先生不太會招人怨恨，但這也因為他不太正經吧。不過終究是傳言而言。」我補充說道。「接下來，若杉小姐讓總編握蛋糕刀，請他切蛋糕。於是本田先生拿著刀子，刀尖插入蛋糕的正中央——」

「插進去之後呢？」

「發出了奇怪的聲音，總編『唔？』露出不解的表情。手指伸進剛剛刀子切開的裂裡，然後——」

「什麼啦，難道是恐怖故事嗎？該不會出現分屍的屍體吧？」

「才不是這樣啦。」她在想什麼啊？

「是戒指啦。出現的是寬兩公分的高調的戒指。本田先生驚呼：『是我的戒指！』，然後副總編石橋先生也跟著說：『對啊，這種戒指只有總編才會戴』。」

「可是，為什麼會出現在蛋糕裡？」

「問題就在這裡啊。」

我停了半晌。並不是故意要賣關子，而是自己也一頭霧水。

「剛剛也說了，蛋糕表面像下雪的地面——沒有人踩的地面一樣光滑平整，再加上還寫了一堆巧克力的文字。

如果有人把總編的戒指藏起來，在沒人注意的時候接近盒子再偷偷將蓋子蓋上，將戒指藏進去的話——即使辦得到，也絕對會在蛋糕表面上留下痕跡的。能抹得那麼平整，若非專業的蛋糕製作者根本辦不到。」

「但事實上，若杉小姐不就抹得光滑平整嗎？」

「是做好的時候吧。之後才在上頭用巧克力寫字。若在那種狀態下開個洞，再完完全全恢復原狀，即使同為製作者的她，我想也是不可能的。

畢竟一個不小心文字就會被切斷，即使順利在文字與文字中間開了洞，能不弄亂巧克力線而將奶油弄平整簡直是——」

「的確似乎很難辦得到呢。」

「對啊，再加上為了不讓大家發現，這些都要要偷偷做才行啊。」

「原來如此，感覺那是不可能的。蛋糕側面是怎樣的？」

「因為蛋糕整個側面都貼了扁桃仁片，我覺得同樣也不容易。而且，戒指是從特大號的蛋糕正中央冒出來的，若是從旁邊放進去的話就得放得很深吧。」

「唔，那麼乾脆從下面呢？」

「從底部嗎？嗯，底部沒有奶油，開洞的話也不會有人發現，所以從下面放進去或許比較容易。

可是這樣的話必須把蛋糕抬起來才行，在周圍有很多人的情況下，要掩人耳目抬起那麼大的蛋糕，我不認為有辦法做得到——」

「懂了。那麼就是那個方法，蛋糕的盒子是放在桌上的吧？」

「嗯。」

「有哪個人先偷偷藏在桌子底下，先將桌子開個洞，再將盒底開洞，然後將海綿蛋糕——」

「留乃怎麼都想到這麼蠢的方法啊？」

「因為想不到比這個更好的方法了嘛，這麼沒想像力，妳還自稱是寫手。」

這麼說就有點受傷了。

「那麼，這樣怎麼樣呢？」留乃接著說。「沒有任何人在蛋糕上開洞。戒指是從一開始就放在裡頭呢？」

「在用巧克力寫字，塗上白色奶油更早之前，烤海綿蛋糕時就先將戒指放進去的意思嗎？」我說。「問題是，誰會這麼做呢？」

「烤蛋糕的若杉小姐吧，想也知道。」

「可是，她烤海綿蛋糕是在上午的時候哦。蛋糕烤完放冷之後再裝飾一下，必須在穴澤接她前完成才行。穴澤說是在三點半左右去接她的。因為擔心塞車所以多抓了一點時間。」

「總編何時發現戒指不見？」

「發現時接近四點左右了，因為他家離辦公室很近，打算悠悠哉哉地出門。洗澡是三點半左右。」

「這樣的話，就是有人在三點半到四點之間把戒指拿走吧？」

「就是這樣吧。所以若杉和穴澤絕對是清白的。他們兩人在這段時間都塞在與總編家方向完全相反的車陣中——」

「那其他人——」

「其他坐電車來的人——這麼說的話也包括我——五點到辦公室之前，在三點半到四點之間先來到總編家，從窗戶偷戒指的機會是有的。理論上啦。為什麼剛好知道總編會洗澡，或者，窗戶若上鎖怎麼辦，偶然的要素太多了。

然而，不論是我或是其他人，究竟是如何將擅自拿走的戒指——」

「放進蛋糕裡？」留乃將我的話接下去。

「我不是說了這件事很不可思議嗎？」

「真的很不可思議。」

在電話另一頭的某個地方，沉默了好一陣子。

在大眾餐廳這一端，還不算太陰沉的店員們，一身粉橘色洋裝和白襯衫的打扮走來走去。面無表情的臉配上鮮豔的衣服，感覺很不搭。因為客人少所以很閒，明明也可以聊一聊，卻只是突然想到什麼簡短交談一下而已。

「那個，為求謹慎想問一下。」留乃說。

「什麼？」

「總編掉戒指的時間確實是三點半到四點之間嗎？有沒有可能其實更早就不見，只是本人沒發現呢？」

「這部分是有經過證實的。」我回道。「快到三點的時候，總編在電影試映會上正和副總編石橋先生在一起。他揮手道別：『五點辦公室見』時，手上確實還戴著戒指。」

「哎呀，這樣簡直走投無路了嘛。」

「就是說嘛。」

「然後呢？從蛋糕冒出來的戒指後來怎樣了？」

「總編把奶油擦掉，小心翼翼放進信封再放到外套內口袋收好，然後說：『不好好戴在手上的話，搞不好哪一天又移動到令人傻眼的地方。』。」

留乃思考半晌「唔」了一聲後，

「那麼，身為寫手的真以要怎麼做？」

「什麼怎麼做？」

「妳要把這一件事寫進雜誌裡嗎？」

「老實說，我正猶豫。雖然石橋先生要我寫下來。他說寫了之後，再募集讀者的解答。」

「就試試看吧？」

「唔。可是，若寫的話也想自己設計一個結局。可是這麼一來，就會變成指名道姓『犯人』是誰——」

「雖說是犯人，其實也沒犯人，只是無傷大雅的惡作劇而已。」留乃說。「即便真的拿走戒指，但也立刻還給本人了，算是可原諒的範圍吧。」

「是這樣沒錯啦。」

「關於真以要將這件事寫成專欄內，總編自己怎麼想呢？」

「說真的，他是不太想跟著起鬨，話雖如此公開反對又很幼稚——像這樣的感覺。」

「唔，原來如此。啊！」留乃突然驚呼。「我得出發了。」

「出發？妳要去哪裡？」

「香港。我沒說嗎？我的筆友住在那裡。上飛機要遲到了，得馬上出門才行。

我一星期左右會回來，如果讀者有有趣的解答再告訴我哦。掰囉！」

2

我不禁嘆了口氣掛斷電話，順便將手機設靜音再收起來。這個時候——

「請問——」

某處傳來纖弱的聲音，我連忙四下探尋。

視界一角，背面靠牆的裡頭座位上有一位個頭嬌小的老婆婆。剛剛沒看到她，看來不是回家而是暫時去洗手間，和留乃聊得太起勁才沒發現她不知何時回到座位上了。

雖然見過幾次，卻是第一次聽到她聲音。四眼相對好像也是，現在老婆婆直勾勾看著我的臉，不僅如此還舉起右手，像招財貓一樣揮揮手要我過去。

我蓋上幾乎沒動到的筆電，彷彿被操控似地站起來朝她走過去。畢竟既沒什麼好擔心的，也必須要尊重老人家的意思。

「請問，有什麼事嗎？」

我站在桌子前面說，老婆婆默默指了旁邊。看來是要我坐在隔壁的長椅上。

我一瞬間環顧四周。是我心理作用嗎？視線裡的幾名女服務生好像在屏氣凝神地打量著我們。難道我對老婆婆做了什麼失禮的事或壞事嗎？還是說不能講手機講那麼久？

然而一見到老婆婆的臉，見她柔和的笑容，並不覺得她是叫我過來唸一頓的。這樣就實在想不到究竟為了什麼把我叫過來。

總之我先坐下來，老婆婆依舊表情柔和地開口說：

「抱歉把妳叫過來。只是到了這把年紀，也懶得自己走過去。還要妳特地過來，真的很不好意思。」

才數公尺的距離我不認為是特地走過來，但老婆婆卻有禮貌地鞠躬道歉。

「沒事的，請問有什麼事嗎？」

「我只是不小心聽到妳說的話。別看我年紀大，耳朵還挺靈光的。」

「啊，真抱歉，吵到您了嗎？」

「沒有，沒事的。別這麼說，聽年輕人說話可以學到很多事情。大家所使用的小型電話似乎挺方便的呢。」

「咦，啊，是的。」

「然後，我曉得自己是多管閒事，但看妳似乎有些煩擾的樣子，發生什麼事了嗎？」

「什麼？」

「剛剛和朋友聊電話時，妳的表情很凝重，就在那個四方型機器前面。」

「啊——」她指的是筆電吧。

「之前也常看到妳，妳老是在那臺機械前面心事重重的樣子，所以覺得挺心疼的。」

「不，其實沒那麼煩惱。」

因為稿子寫得沒預料中的順利所以才會抱頭煩惱，可能我那樣子看起來像是面對人生重大困境，才讓老婆婆擔心了。

「因為覺得心疼，所以希望能幫得上忙，但之前都猜不出妳的煩惱是什麼。可是今天從旁聽到妳和朋友說的話，我也明白了。或許很自不量力，但我很高興自己應該可以幫得上忙，所以才把妳叫過來，不好意思了。」

「不，您別這麼說，只不過才幾公尺而已——」

對了，這位老婆婆說的是什麼？明白我說的內容？或許可以幫得上忙？

「剛剛妳說的是雜誌總編的事吧？結婚戒指怎樣怎樣了？」

「是的。」我老實點頭。

「那只戒指為何會從蛋糕中冒出來嗎？」

「對。」

「若能好好解釋這件事的話，小姑娘的工作也能順利進行下去吧。」

小姑娘，似乎是在指我吧。從來沒人這麼叫我心裡有點飄飄然的。

「嗯，應該是這樣。」

「那麼或許我能幫得上忙。」老婆婆似乎真的很開心。「妳願意聽聽老人家的意見嗎？」

「當然想聽。」

「太好了，很高興妳如此坦率。那麼，關於剛剛那件事。」

「請說。」

「首先是，白色蛋糕上既沒有洞，也沒有用刀子將奶油抹平的痕跡。」

「對、對。」

「倘若真是如此，事情就很清楚了。那就是沒有任何人把戒指放入蛋糕中。」

我一邊聽著很輕卻很有力，像是孩子般天真的聲音，一邊思考了一下。

這位老婆婆不是什麼都不懂，就是什麼都懂。我沒來由地這麼想。而且，若是後者的話，老婆婆話中之意──

「意思是一開始就放進去嗎？」我試著說答案。「沒有任何人把戒指放進已經完成的蛋糕中，是這樣嗎──？」

「正是如此。」

老婆婆笑得更燦爛，點著雪白的頭。

「無論蛋糕的上方或旁邊都有奶油或巧克力文字，而且還有碎的果乾粉，不破壞這些將戒指放進去，表示得速戰速決才行吧。

先不提若是在沒人看到的地方就可以安心地動手腳，要在眾目睽睽下不被人發現，是不可能的。無論技術再高超的人都不可能將蛋糕抬起來從底部放進去——跟妳剛剛說的一樣。」

穩健的口氣稍微急促起來，但內容說得很合理。

「可是，一開始戒指就放進去——也就是說進烤箱烤前就放進麵糊裡嗎？」

老婆婆依舊笑咪咪地點頭。

「是做蛋糕的人放的嗎？」

跟之前同樣的問題。

「但假設是這樣，就是總編的祕書若杉小姐——嗎？」

「這個，我想這麼說應該也無妨。畢竟從邏輯來看沒有別的人，最近的年輕女孩也跟以前也不一樣了。」

感覺老婆婆這樣的說法參雜了些許責難。傳聞並非空穴來風，若杉小姐和總編其實在一起——她是想這麼說的嗎？

「可是，恕我冒昧。」我說。「若杉小姐烤蛋糕是在上午哦。」

「所以呢？」

老婆婆沒有半點退縮，小而圓的臉上反而還泛起更多的笑容。

「不只若杉小姐自己這樣說。三點半穴澤去接她時，他也說蛋糕已經烤好了，把時間倒過來看的確是這樣沒錯。

而且，假設若杉小姐親手烤的蛋糕其實是假的，她只是將現成的海綿蛋糕裝飾一下，或是向蛋糕店訂蛋糕，就算是這樣，蛋糕是在三點半完成的都是肯定的。若非如此，就算之後他們塞在車陣裡，也不能在五點前到達辦公室了。」

「妳說得沒錯？所以呢？」

「戒指不見是在三點半到四點之間，而且若杉小姐家離總編家很遠。」

老婆婆若無其事地眨了眨眼，一臉『那有什麼問題嗎？』的意思。

「這樣不是很矛盾嗎？總編去洗澡後戒指就不見了。可是這段期間，之後會冒出戒指的蛋糕卻烤好了。」

「我可以問一下嗎？」老婆婆的口氣依舊穩重：「為什麼你們會覺得洗手臺上不見的戒指，和從蛋糕冒出來的戒指是同一個呢？」

「欸？因為——因為也沒有其他戒指啊。有很明顯的特徵，石橋先生也說『這種戒指只有總編才會戴』。」

「就是這個。今天聽到的談話之中，就這句話最奇怪。」

「為什麼？」

「『這種戒指只有總編才會戴』有可能有這種事嗎？因為那可是結婚戒指哦。」

啊！我幾乎驚叫出來。也對，石橋先生這句話的確很奇怪。這與婚戒這東西的存在意義是矛盾的。畢竟——

「所謂的婚戒，是做為一對的東西存在於這世上吧？」老婆婆乾脆地說。

「那只戒指無論浮雕多麼珍奇，這世上至少還有另外一個。

更何況目前這狀況，因為總編的太太仍健在，太太也擁有相同的戒指這想法是說得通吧。當然尺寸是不同的，若是又大又醒目的形狀，就會像剛剛那樣將女戒誤看成男戒吧。」

「也就是說——蛋糕中出現的戒指是總編太太的嗎？」

「就是這麼回事。」

「若杉小姐拿著總編太太的戒指，在上午烤海綿蛋糕時，放進麵糊裡一起烤嗎？」

「從這話題聽起來，我是這麼認為的。」

「為什麼她要這麼做呢？」

「裡頭有許多盤算吧，若那位小姑娘手中有總編太太的戒指，最可能的方式就是總編太太交給她的不是嗎？」

我頓時語塞。

「可能那位小姐當天早上去總編太太那裡拿到的，或是總編太太前一天寄給她的，兩者之一吧。總編太太因感冒在床上休息的話，丈夫發現太太沒戴戒指的機率也變小了。

無論如何，應該都是兩人討論之後進行的。總編的戒指是在自家洗臉臺上不見，從這點來看，最合理的推測是被總編太太拿走。」

總編太太事先將自己的戒指交給了若杉小姐，另一方面，她再把編輯的戒指藏起來。老婆婆的意思似乎是這樣。

「可是，為什麼要這麼做呢？」

「接下來全是我這老婆子的猜測。正所謂無風不起浪——儘管也很多不是這樣的，但男女之間的友誼常常容易擦槍走火的。

再來看看這次的狀況，那位小姑娘和總編或許有了一些情愫。總編太太得知這件事，和小姑娘談過，小姑娘也還有道德或只是單純覺得麻煩，所以下定決心劃下句點吧

蛋糕裡出現總編太太的戒指，這就證明兩人已經談過了，算是給總編的警告吧。總編自己一看到戒指時應該也明白那個意思了。所以當戒指出現時故意說著『那是我的戒指』，卻不將戒指戴起來，還煞有介事地包起來藏進信封裡。

事情應該是這樣吧。有沒有需要補充說明的呢？」

我搖搖頭，曉得自己正目瞪口呆中。

「妳同意嗎？」

「啊，嗯，同意。」

「那就好。像這樣坐在角落的老人家能替年輕人的工作幫上忙，真的非常高興。」

「說得也是，只不過——」

仍然茫然的我喃喃說。星期六的事件意外的（雖然我也認為事情是這樣）真相，竟然是由這麼嬌小可愛的老婆婆解開的，不僅佩服她的本事，也很難不去在意婆婆最後所說的話。因此我不禁這麼說：

「只不過，若真相是這樣的話，就不能寫在專欄裡吧。」

老婆婆聽到我的話，原本燦爛的笑容閃過一絲陰霾。

「很抱歉，我太多事了——」

「別這麼說，沒事的。抱歉是我多嘴了。」

察覺到自己的過失，我連忙向老婆婆道歉。

「我才要說抱歉，您那麼親切又有條理地解決了我的苦惱。」

「不，是我不對的。」

老婆婆又再度道歉。感覺纖弱的聲音漸漸變得更小聲了。

「反正我只是殘存在世界角落中的老太婆而已。我以為理解現今世道的事情，甚至能對妳有所幫助，結果是我誤會了——」

感覺不只聲音，連身影都莫名地變薄，但肯定是我想太多了。

「沒這回事，老婆婆幫了我一個大忙。真的非常謝謝您。」

「不，是我該說抱歉。」

不是我想太多，低著頭的老婆婆身影果真變得異常稀薄，甚至隱約看得到背後壁紙的花紋。

「然而，方才溫暖的言詞仍是非常感謝。我會以此為勉勵，下次見面時，再找機會補償妳吧。下次一定——」

她歉然地說，身體顏色變得愈來愈稀薄，也沒有厚度，重複「下次一定」的聲音後溶化於空氣中般地消失了。

剛剛老婆婆解開謎團時，我的反應若是目瞪口呆的話，這次肯定是訝異得連下巴都掉下來。別說是開口說話了，甚至都忘了呼吸。我不敢相信現在見到的景象，我雖然很想揉眼睛，但因為太過震驚甚至無法舉起手揉。

這樣應該有整整一分鐘吧。突然背後傳來微小的聲音。

「老婆婆主動跟您說話，很榮幸吧。」

我嚇一跳回頭看，說話的人是憂鬱的表情配上白色夾克，感覺很不搭的三十歲左右的服務生。仔細一看胸前的名牌上寫著「店長」。

「請問——」

「謝謝您經常光臨本店。」聲音的範圍裡明明沒有其他人，店長卻壓低聲音說。

「您常常光臨本店，想必也察覺到本店有祕密吧。其實那位老婆婆就是本店的祕密。」

老實說，雖然覺得這家店氣氛怪怪的，卻沒想過會有什麼祕密。

「啊，那個人——」這樣的稱呼不知是否妥當。「那位老婆婆究竟是誰？」

「她的名字叫做幸田春。本餐廳的用地、應該說這附近一帶都是幸田先生的土地，而春婆婆是幸田家的獨生女。

雖然幸田家曾有田地與廣大的宅子，但為了因應世道的變化，春婆婆的兒子將那些財產一點一滴變賣掉了，在別處興建公寓並搬過去。本餐廳附近的地剩下的有春婆婆的隱居所與小田地。」

彷彿看到了話題的重點，我的背部感到一陣涼意。

「——那是？」

「春婆婆同意兒子的勸說，隱居所、田地和人手全都交給他——這裡說的人手是本連鎖店的老闆——所以春婆婆也搬進公寓裡了。可能是不習慣新生活再加上年事已高，沒多久便過世了。這是距今二十年前的事。

如果那位春婆婆要以生前懷舊的姿態現身，地點選擇兒子所建造的公寓或本餐廳，您覺得哪個才適合她呢？」

肯定是這間餐廳——雖然我一臉想這麼說的表情，但我個人來說並不覺得有哪個特別適合她。二十年前過世的人，根本不需要在附近徘徊。

「春婆婆很寂寞。」

我在椅子上無法動彈，店長臉湊上來接著說：

「生前的春婆婆雖然我只見過幾次，但因為我父親在幸田先生的公司工作，常常聽說她的事。

她為人溫柔親切，對於地方上的動物、鳥、昆蟲和花也以都很照顧，正因為春婆婆是那樣的人，如今即使過世也經常在店裡見到她的身影，時常關心在店裡工作的我，和光顧本店的客人。」

不用像照顧動物、鳥和昆蟲般照顧我也沒關係。

最主要的就是，幸運的地主千金，生前就對不怎麼幸運的萬物很照顧，過世之後仍繼續看顧著這些嗎？不禁想這麼吐槽。不過，剛剛還在這裡的老婆婆（剛剛的確是在的）的舉止和表情被這樣解釋，實在太可愛了。

「春婆婆就像這樣，對我們的一切都很關照。但我們——也就是活著的人類並非所有人都看得到春婆婆。」

「你說什麼？」

我嚇了一跳。

如果真有幽靈的存在，而且有的人看得到有的人看不到的話，我以為自己肯定是

「看不到」的那一邊。不是我自誇，我很講究眼見為憑，且個性既不纖細、感覺也不敏銳。

「有的人看得到春婆婆，有的人卻看不到。」

店長將垂在額頭上的黑髮邊塞回去邊說。

「這裡的店員全部看得到她吧？」我猛然想起而問道。

「我並不是故意要選擇這樣的人。」

店長接著解釋。

「實際上在錄用人員的階段時，看得到跟看不到的人都有。然而，大概是隨著時間過去，看不到的人漸漸待不下去了。

雖然禁止工作人員之間明目張膽地談論春婆婆的話題，但多少還是會談論到，知道不能這樣而很不安。應該說是令人不安呢，還是令人害怕呢？

總之，在因緣際會下最後就變成留下來的員工全是看得到春婆婆的人了。」

果然是這樣，我心想。

「然後是我個人的意見，看得到的春婆婆的那些人，都是內心一部分很孤寂的人吧。可以說是不太幸福的人。」

果然是這樣，我又心想。因為我也覺得這裡的店員們「感覺不太幸福」。我內心同意他的說法，卻又頓時想到——不對！

「對了，剛剛說——」我的語氣有些陰鬱，很像什麼宗教一樣很詭異。「有的人看得到春婆婆、有的人看不到吧。來店裡的客人也有同樣情形嗎？」

「嗯，當然。」

「也就是說，」我慎重地說。「這兩種客人中，我是看得到的那種——」

「嗯，就是這麼回事。這樣不是挺好的嗎？」

這不是開玩笑的。我渾身顫抖。難道別人也覺得我看起來不幸福嗎？

之前曾有個契機讓我想過自己並不幸運。離職時的狀況也是這樣——遇上某件倒楣事因為誤會而被冠上不實之罪，當時交往的男同事也說得好聽「雖然我懂妳的心情，但在大家的誤會解開之前，我們稍微保持距離吧」，卻至此之後再也沒聯絡很無情，而我之後也不再交男朋友。

話雖如此，即使因緣際會靠搖筆桿賺錢，事業也慢慢開始萌芽（許是自我感覺良好）。我身邊也有像山邊留乃那樣不離不棄的朋友，或像搖滾雜誌的石橋副總編一樣在工作上幫助我的人。

在某種意義上稱得上是幸運吧，我暗自這麼想時。

「畢竟春婆婆很少主動跟客人攀談的啊。」

穿著白襯衫的店長拋出這句話。

「欸，這是什麼意思？」

「因為這情形真的不常見。」

摀著嘴巴在耳邊小聲說。周圍都是看得到春婆婆的女服務生，大可大大方方說話，卻仍像講祕密般一直壓低聲音。

「若非因為客人您內心特別孤寂的話——」

「那是因為？」

「或許是人品難得一見的人而引起春婆婆的興趣吧。那真是非常棒的事。」

別開玩笑了。不幸的人之中令人在意的存在，或是能引起幽靈興趣的奇妙人品，我是屬於哪一種呢？

儘管光想就覺得誇張，但我並沒有不再光顧這家店的念頭。

沒有取材或查資料的時候，整天都會寫稿的日子裡，一大早就充滿鬥志地去咖啡店或大眾餐廳上工，已逐漸成為我的習慣，而且住家附近類似的店家中，這間是最舒適宜人的。咖啡美味，也沒有又多又吵的客人，背景音樂也很安靜小聲。

今後我也會來這家店，帶著自己一個人無法解決的問題，向角落座位上的老婆婆請教，又或者我主動去向她請教——腦中忽然浮現這樣的畫面。

轉念一想，這樣的景象或許也並不差。

跑來跑去的鬧鐘謎團

1

「喂，我是寺坂。啊，您好。謝謝您平日的關照。欸？啊，是這樣嗎？關於那件事的話，訪問時已經聊過，我完全了解了。是的，所以我現在要統整起來。是的，幾乎有雛形了，明天截稿日一定會交稿的。」

我叫寺坂真以，職業是撰稿人，我現在坐在某間大眾餐廳窗邊座位上。

餐廳位在東京郊外舊街邊，儘管從窗戶眺望的風景稱不上風光明媚，卻能從行道樹的樹梢感受到四季的更迭。此時此刻，開始染上顏色的樹葉，被寧靜的雨水打濕。

我的公寓只能看到鄰居的屋頂，相較之下這裡視野好、桌子也很大，避開中餐或晚餐的尖峰時段，隨時來都有位子，由於這些優點我將這裡作為臨時書房來利用。我吃完了輕食後，將資料、筆記與筆電等等攤在桌上。

有些大眾餐廳或咖啡店也會貼出「請勿在此工作或讀書」的告示。這也是理所當然的，但這間店卻默認這些行為，不會特別限制顧客，而是藉由某種潛規則支配著這家店（之後再說明這件事）。

總而言之，這裡可以盡情地工作，也能有限度地使用手機。店裡人不多的話，只要鈴聲調成靜音，別大聲說話即可。況且之前也提到過，這家店很少有人滿為患的情形。

「好的，明天。這是當然的。我本人寺坂一定會遵守截稿日，若有案子再懇請聯絡。

不不不，雖然想說是愈窮愈忙，但窮的時候很閒其實很傷腦筋的。就是說啊。請務必一定要跟我聯絡。那麼，先掛電話了。」

我掛斷電話。前一刻對編輯說的話並虛假，稿子真的已進入整理階段，明天的截稿日輕而易舉。可是，那終歸只限於剛剛的談話而已，並非每次都能像那樣誇下海口打包票。

因此我隨便敲個電腦鍵盤解除待機模式，再度面向螢幕時也行有餘力。甚至也有餘裕聽到同樣坐在窗邊座位上兩位客人的談話。

「所以說，也有自費出版這一項選擇，我想請人做這件事。」

「啊，原來如此。這也是不錯的想法呢。」

第一個開口的是隔著空桌子面向我，上了年紀的男性。隨興靠在沙發上的頭頂髮量稀疏，一半以上都已變白，蓬鬆的頭髮圍在臉部周圍，看起來有點像好笑的鳥類一樣。身材很瘦脖子很長，鼻子很突出，這也加強了個人的印象。

ＰＯＬＯ衫的粗花呢外套衣領亂七八糟地翻了出來。本人看似對服裝滿不在乎，但以我來看，無論是外套或襯衫肯定都是昂貴的衣服。

坐在對面，時不時附和對方的男人，從這個角度來看只能看到背影。這男人比另一個人聲音更年輕、語氣更有禮，從有點長卻用梳子梳得很整齊的頭髮與西裝打扮來看，我猜想，他是跟剛剛那男人商量事情的業務員，或負責工作的廠商之類的吧。

「我的自傳——聽起來好像很驕傲的樣子。」

「也很有很多會用『個人史』之類的說法。」

「嗯，雖說也不是什麼了不起的人生，繼承父親公司卻差點倒閉，卻又因為上次發明的特許而起死回生，或重新再起爐灶等等大風大浪的經歷，我想知道這些事的人讀起來應該會挺有趣的。

我也不是有什麼野心想出版暢銷書，完全只是想送給家人當紀念品而已。」

這樣也不錯，身為無關人士的我也這麼認為。我身為出版業界的一個小螺絲釘，常常聽到關於自費出版的話題，但許多出版商因為過度期待「這樣的內容要大賣也並非夢想」而印刷過量的冊數，造成作者巨大損失的情形也時有耳聞。

若像坐在對面的客人一樣「只是送給家人」的話，應該就不會有這問題才對。而且據剛剛所聽到的，他在經營從父親那裡繼承的公司，而且營運順利，金錢的寬裕度或許超過一般人吧。自己掏很多錢出版不就行了嘛，我多管閒事地想。

之後我若無其事地聽著兩人說話，了解到幾件事。瘦得像鳥一般的男人名叫三田村，是MITAMURA工業這間小規模、業績卻很亮眼的機器製造商第二代社長。

他跟白手起家的父親不同，有自己的夢想，少年時期就喜歡玩機器，興趣是發明——主要是製作沒什麼用的裝置。像是為了彈鋼琴的妹妹發明的「自動翻譜機」。「自動早餐調理裝置」是在早上固定時刻從冰箱拿出蛋，敲開後在鐵板上煎荷包蛋的機器，就是這類的東西。

手作的機器暴走——儘管這類的失敗經驗已無以數計，三田村長仍深受家人與朋友依舊敬愛。這或許是一種特有的人格吧，很難說具有身為經營者的才能，剛剛本人也說了其實公司曾陷入危機，而拯救這危機的是社長本身的發明癖。門外漢的我雖然實在想不通這樣的東西為何會成功，但似乎是什麼主力產品的某個機器某個裝置打破以往的常識，發明出劃時代的功能——好像是讓原本只有上下動的變成能夠迴轉，還是讓能夠迴轉的變成上下動的呢——而且這個想法本身和那個「自動早餐調理裝置」某些部分是一樣的。

簡單且劃時代的新功能獲得大成功，其他廠商也全都採用了這機器，付了專利費，公司靠著這利益網羅雇用大量優秀的技術人員，MITAMURA工業的經營一帆風順。而且社長並沒有因為這個成功而自滿常常插手現場的事，也會接受周圍的建議踏實地經營公司，依舊仍有發明癖卻只是興趣而已——

——這些就是他們聊的內容。那位社長最近為了要紀念自己迎接耳順之年，而想自費出版自傳，似乎是這麼回事。

「只不過，我不擅長寫文章。」

社長靠在沙發上，歪著蓬鬆的頭說。

「我常常想著要將昔日的回憶以有形的方式留下來，但用寫的實——」

「將您說的內容寫下來如何？」西裝男說。「也就是讓哪個人將社長的話寫下來。」

聽了剛剛的內容，以及這位社長散發出來的氛圍，這樣的做法說不定會做出一本有趣的書。

「唔，可是這樣的話，代筆的人必須要有一定程度的文采才行呢。

不單單只是將我說的內容用寫的整理下來，還必須強調有趣的部分，省略無趣的部分。必須要有能夠寫出讓人享受閱讀的內容，這樣專業的技術才行。

難得送給親友自己的書，當然也希望拿到書的人不要覺得困擾而且能讀得開心。雇用專業的人是沒問題，問題在於哪裡找得到這樣的人呢——」

「不好意思。」我不禁想開口攀談。你們的重點就是要找寫手吧。我是專業的撰稿人，雖沒寫過書，但整理訪問稿、替雜誌寫稿等多少也有點經驗——

可惜的是，我沒那麼積極，能夠向坐在餐廳鄰桌的陌生人介紹自己。即便銀行的存款餘額著實令我焦躁不安。

「若是找得到的話，」社長說。「要付給對方多少錢呢？」

「我也不知道，大部分是用一張原稿多少來計算吧。」

社長一派輕鬆地說著令我昏倒的答案。再怎麼薄都還是一本書，這樣原稿用紙就要高達百張的內容吧。當然，我的話不會這樣敲竹槓的。收費會在常識範圍——

然後剛好在這時，我視線角落有人出現。

幾乎剛好是我桌子對角線的位置，角落牆邊的座位。剛剛還空著的座位上，現在已出現一位穿著和服，個頭嬌小的老婆婆。

這位老婆婆正是這家店的祕密，剛剛我所說的潛規則的象徵性存在。

乍看之下是八十歲左右，隨時笑容可掬的老婆婆，名字是幸田春，她是附近一帶的地主。不對，是前地主。目前已不在這世界——總之就是幽靈。

很關心以前自己所居住的地方或現在出沒在這裡的人們，所以有時候會像這樣宛如客人般在這家店出沒，但並非聚在這裡的所有人都能看到她的身影。以前店長曾對我說，看得見老婆婆的只有內心孤寂或不幸的人。

到頭來，這裡的男女服務生都自然而然會是這樣的人——即使有開朗的人來上班，卻因為跟不上夥伴間的話題而辭職——店裡的氣氛變得較為陰鬱，客層也就比較符合店內氣氛。

當然客人這一方並不知道老婆婆的來歷，只覺得是滿頭白髮的可愛婆婆坐在角落，或是那位子是空著的，兩者之一。好比說，一對情侶來到店裡會有一個人看得到老婆婆，一個人看不到，但嬌小又安靜的老婆婆的存在並不會成為話題，所以不會出現兩人雞同鴨講的狀況。

大約一個月前我來這家店時，老婆婆主動跟我說話，因為這難得的榮耀，店長才向我透露婆婆的狀況（關於這理由我決定不去深究，像是我比其他人還不幸之類的）。聊了聊後，老婆婆的身影竟然融入半空中消失不見，目擊到這情景的我，也只能將店長的話照單全收了。

在一般的客人眼中就算只是普通的餐廳，但工作人員全都很不幸也的確是相當奇怪的地方。會來這裡的大多是因個人喜好之類興趣特殊的，或比起現今熱鬧開朗的氣氛，即便氛圍多多少少怪怪的，更喜歡安靜地方的這些人。對我而言，反而是很適合作為寫稿的地點——

話說回來，像現在這樣出現的老婆婆向我投以意味深遠的眼神，再輪流看著這兩名男性。

看來老婆婆似乎是要我『過去自我介紹，爭取工作』。她是聽到我在電話中抱怨「最近很窮卻很閒」吧。

儘管很感謝不存在於世上的存在所給予的鼓勵，我卻磨磨蹭蹭不敢向前。總之，對面兩人點的東西都還沒送上來，似乎不會立刻回去的意思。他們一邊等著早午餐一邊閒聊，話題移到社長最新的發明上。

這話題讓我更感興趣，而豎起耳朵聆聽。所謂的發明簡單來說是較大的鬧鐘，以社長所喜歡的誇張說法，叫做「自動起床裝置」。

我覺得這世上有很多人早上是爬不起來的。而我也是其中之一，所以ＯＬ時代就吃盡了苦頭。我之前的公司是在東京都心公司，苦惱於房租與通勤距離簡單的反比，結果住在離公司要花將近一小時路程的地方，導致我得非常早起才行。

我當然會用鬧鐘起床，問題是無論再怎麼樣都不會忘記要設鬧鐘，而且時鐘也確實地運作著，但頭腦還很模糊時慣用的那隻手就會伸出去按下鬧鐘，又重回被窩裡的生活實在也很無奈。

「我有一個辦法能解決這個煩惱。」看來自己也有這種煩惱的社長說。這個名稱是廣泛被採用的「貪睡功能（Snooze Button）」，或防止睡回籠覺的功能。Snooze 是「打盹」的英文單字。

按下鬧鐘頭頂明顯位置上的按鈕，但幾分鐘後又再度響起來。所以說，其實應該按停的是背面小顆又難按的按鈕。因為在半睡半醒的狀態下無法順利按到，本能上會按容易按的大按鈕，在腦子整個清醒之前鬧鈴會持續響個幾分鐘——就是這項功能的重點。

然而，社長接著補充。可別小看人類的學習能力，而且越是在緊要關頭越會發揮到極限的「打盹」能力，即使買了全新的鬧鐘，過了一陣子後，即使腦子還沒清醒過來，也能正確無誤地找到大的按鈕，以及背面小顆又難按的按鈕。

我內心大力贊同社長這番話。以前我也有過這樣的經驗。

「剛剛所說的是時鐘製造商該下的工夫。」社長接著說。「使用者也要努力，畢竟也不是自己想賴床的。最受歡迎且最單純的就是將鬧鐘放在遠處的方式。如此一來為了按下按鈕就得離開被窩才行。

然而，這樣也有缺點。缺點也很單純，放太遠就聽不到聲音，一個不小心甚至會沒聽到而繼續睡下去。

更何況只要鬧鈴聲音並不大的話，想到會吵到鄰居什麼的，就不會在一大早把鈴聲開得那麼大。」

「這倒也是啦。」

西裝男點頭附和，我內心也同意這說法。

「於是我才想到這點啊。是不是可以分別從製造商和使用者的角度來實行，也就是將優點加在一起，成為效果卓越的鬧鐘——不對，是起床裝置。」

首先，貪睡鬧鐘的優點是按停鬧鈴在技術上很困難。若不是眼皮睜開、頭腦完全清醒的話就不能按下這按鈕。只不過剛剛也說了，使用者會習慣這件事，那麼就只要讓人不容易去習慣即可。

然後，『將鬧鐘放很遠』的方式，尤其是讓使用者走出被窩的這一點也很有道理。這種狀況只要想辦法克服很難聽到聲音的這個缺點就好。

因此，我所想到的是，只要打造一個會跑來跑去的鬧鐘不就得了。不只是設定的時間一到就會響，還會跑。在睡覺的人周圍，有時近有時遠，以不規則的形狀活動即可。

如此一來，因為很難抓鬧鐘所以很難按停，而且也不容易養成習慣，而且如果抓不住讓它逃掉的話，就得走出被窩了。」

這人在想什麼啊？只不過區區一個鬧鐘竟然如此大費周章——我是這麼想的，

「為了區區一個鬧鐘，卻這麼大費周章啊。」

只看得到背影的西裝男，似乎也同意我的意見。

「什麼區區一個鬧鐘，別說得這麼簡單。」

社長斷然反駁他。

「我自己早上也很難爬起來，所以也沒資格這樣說，但賴床與否跟那個人有沒有能力兩者是無關的。每一天，世上某處都會有重要人物早上起不了床，因而錯過重要的約定。若真是如此，難保不會對經濟情勢、科學技術的發展或世界和平產生影響。」

「也是啦，這種事也不能斷言絕不會發生——」

「而且也不會大費周章哦。只要將鬧鐘裝在無線遙控車上，設定成當鬧鐘啟動之後，設定自動行走系統的話，就能不規則的前進，若撞到障礙物還會改變方向。之後再搭載熱感應器，若感應到體溫攝氏三十七度左右的物體，為避免撞到、會在千鈞一髮之際躲開。只要加上這樣的設定，就完成一個很有用的起床裝置。」

「哈哈哈，原來如此，是想總有一天做出來看看嗎？」

「已經完成了，就在前一陣子。」

「欸，是嗎？那麼您自己已經試過了嗎？」

「嗯，試是試過了。」

社長回答的語氣有點怪怪的。

「結果怎麼樣？」

「嗯，這個嘛，發生了一件奇妙的事。」

奇妙的事？我更加豎起耳朵仔細聽。在視線的一角，看得出來坐在裡頭座位上的老婆婆那綁著髮髻的頭正在打什麼主意。

「我是上星期五晚上完成的。」

社長開始娓娓道來。今天是星期四，所以大約是一星期前的事。

「是的。」背影男子附和道。

「因為是我的得意之作，所以趕緊把兒子和媳婦叫來房間，讓他們瞧瞧會走動的鬧鐘。其實也很想讓孫子看看，但畢竟已經超過晚上十點，老早就睡了。」
「令孫現在是讀幼稚園嗎？」
「是的，他是五歲的淘氣鬼。因為是獨生子，所以很愛撒嬌。」一聊到孫子的話題，社長就開心地瞇起眼睛。
「所以就讓兒子夫婦兩人當觀眾，實際進行一遍。為了不吵醒睡覺的孫子，從五、六個鬧鐘中選了聲音較小的安裝在車輛上。
我在他們面前躺在床上，讓他們看那個裝置一邊響、一邊穿過我身邊跑來跑去的樣子。兒子和媳婦也很贊同這是個成功的裝置。還說這樣應該就沒問題了。」
「啊，那樣的話——」
「然後，我向兩人宣告隔天早上要用這個鬧鐘起床。
老實說，我平常都需要人叫我起床。老婆過世後就是孫子的工作了。星期六日則不用叫我可以睡到十點左右，但上個星期六必須八點半起床。因為那天是老朋友女兒的婚禮。雖然典禮是從中午開始，但因為地點是茨城的水戶，距離有一點遠。
可以的話希望讓孫子叫我起床。但那天是幼稚園的運動會，孫子和兒媳婦也早在八點之前拿了便當等等的就出門了。
只有兒子應該是在家的。但他有點感冒身體很不舒服。然而，讓發燒頭昏而無法去孩子運動會的人叫我起床也太不爭氣了。身為父親的應該有很多辦法，不是嗎？」

「不巧我是單身，這部分就——」

「總而言之，我堅持說我一個人能起床。只要有這項新發明就沒問題。然而，我那兒子卻因為擔心說要叫我起床什麼的。我也很倔強斷然說絕對不要叫我起床，所以睡覺時把門上鎖，甚至還把門鍊掛上。」

「您的臥房還裝門鍊啊？」

「前一陣子我自己裝的。因為門鎖是現成的，很小——只是從內側按下按鈕鎖起來，從外側無法上鎖，且上鎖的時候其實從外側也打得開，只要用十圓硬幣往把手中間一轉就開的那種。」

「原來是這樣，家中的門鎖常常是這種形式的吧。」

「這樣的鎖幾乎沒有上鎖的意義，所以我才加了門鍊。但我只會在兒子把我當老人家看待時才會用。

因為是自己製作的，比一般的門鍊稍微長一點。即使掛上門鍊，只要把門開到最大時會有十二、三公分的空隙。這空隙大人是過不去的，但若是孫子的話，這寬度是有辦法穿過去的。」

他是不是一開始就有這種打算呢？隔了一個座位聆聽的我這麼想。雖然和兒子起口角而掛上門鍊，但隔天讓孫子叫起床也沒問題。

感覺社長並不只很寵孫子，和兒子感情也很好。或許和兒子的太太也處得很好，是感情深厚的祖孫三代。

「總而言之，星期五晚上我將臥室上鎖並掛上門鍊。在那之前，先將已裝在裝置上的鬧鐘調換——剛剛為了不吵醒孫子，裝的是聲音較小的，後來裝上的是隔天正式上場用的更大聲的鬧鐘，並將鬧鐘設定在八點半。

然後我把臥房裡其他的鬧鐘全部拿到走廊上。無論如何都要讓他們瞧瞧我用那個裝置起床。或許我很幼稚吧。準備完畢後，我鎖上門鎖和門鍊，深夜時分就睡覺了。」

「然後，隔天怎樣了？」西裝男說。「您八點半時有準時起床嗎？」

「是，若說結論的話，是起床了。」

社長用有點保留的語氣說，乾咳幾聲後喝了一口杯子裡的水。

「我的確是因為聲音很吵而從夢中醒來。那是聲音很特殊的鈴聲——就是那個鬧鐘聲音。那鈴聲一下在耳邊一下又離開反而令人在意，意識因而逐漸清醒。

我揉揉眼睛，打了幾個呵欠後，終於離開被窩。眼睛完全睜開後馬上看到跑來跑去的裝置，但這時鈴聲已經停下來了。雖然覺得哪裡怪怪的，總之先抓住鬧鐘關掉鬧鈴，這時數字盤上顯示的是八點三十一分。

我很開心地整裝完畢，拿下門鍊走出臥房，來到樓下後穿著睡衣的兒子向我道早安。當然沒見到孫子和媳婦的身影。

因此我就依照預定行程出門，當然也趕上在水戶舉辦的結婚典禮。真的是很精彩的婚禮。宴會舉行到一半開始下大雨，下了有一小時，典禮結束大家去外面時，雨剛好停下來，天空出現漂亮的彩虹也很幸運。

之後和好久不見的朋友們一起進行三天兩夜的溫泉之旅，回到東京已經是星期一的傍晚了。發現到不對勁就是在那天晚上。」

「也就是說？」

「在我想睡覺的時候，忽然想拿起那個裝置來看一看。房間跟我出門時別無二致，那個裝置也安靜地待在房間角落，但一拿起來就發現，安裝在這上頭的不是壞掉的那個鬧鐘嗎！」

「壞掉的？」

「對。其實我買了兩個很像的鬧鐘。

一開始先買了一個，很喜歡它的聲音響亮，但用了一陣子後雖然還能動，鈴聲卻毫無反應，所以我又買了同一牌的鬧鐘。

這個鬧鐘整體形狀和顏色和之前的一模一樣，但數字表盤相較之下較為複雜。不是有一種計時碼表的手表嗎，形狀跟那個很類似。聲音雖然沒問題，但就是不合我的意。因為我打算總有一天要把零件換掉，所以就收著一直都沒丟。

這兩個時鐘中，我是將第一個買的——黑底、簡單的數字表盤，但卻不會響的那一個裝上了裝置。我去走廊上一看，那天我放著不理的鬧鐘好好地靠在窗戶的地方，其中沒壞的那一個鬧鐘——計時碼表風的白色數字表盤的那個，竟然在這裡？」

「等一下。」說話的人手心擋在面前，似乎感到有點混亂。「星期五晚上社長將鬧鐘裝到裝置上的，究竟是哪個鬧鐘啊？」

「我仔細想過後，是壞掉的那個。那個裝置的機身是黑色的，我當時腦中還一閃而過『鬧鐘的黑色數字表盤真明顯呢』的想法。

可能是我和兒子口角後太激動了，也或許是上了年紀吧。不自覺地拿起已經看習慣且是自己喜歡的鬧鐘。沒想到竟然弄錯了。」

「可是，若真是這樣的話——」

「星期六早上鬧鐘不應該在八點半時響，對吧？我會覺得不可思議也是這原因。」

這樣的確令人難以釋懷。

我瞄一下角落座位上的老婆婆。似乎專心在聽這話題的老婆婆又對我使眼色，於是我也看過去。彷彿在說「事情變得很有趣」。

2

「星期六的早上，你的確是因為鬧鐘鈴聲才醒來的對吧？」西裝男向他確認。

「嗯。」

「然後，星期五晚上社長裝在裝置上的是壞掉的那個鬧鐘吧？和從旅行後回來的鬧鐘是同一個？」

「對，我想了很多遍，肯定沒錯。」

背影男盤起雙手，沉默了半晌後說：

「若是這樣，八點半之所以能聽到鬧鐘響，會不會是哪個人動了什麼手腳——」

「嗯。」社長說。

「可是，社長的臥房上了鎖，還掛上了門鍊。社長休息時和隔天早上也一樣。」

「就是說啊。」

「雖然使用這說法有點難為情，但這不就是推理小說中出現的『密室』嗎？」

「也是啦。」

沒錯，我暗忖。可是，並不是什麼密室殺人，而是「密室叫醒人事件」。我可沒看過這種推理小說。

「請教一下，星期六早上有沒有聽到其他的聲音——好比說電話鈴聲之類的？」

「臥房裡沒裝室內電話，也沒有手機之類的。而且那時聽到的聲音的確是那個鬧鐘的鈴聲。因為聲音很特殊肯定不會錯。即使睡得很熟也能醒來的，但卻不會很刺耳，剛剛好的聲音。」

「會不會是誰在社長不知道的時候修好了壞掉的鬧鐘呢？」

「不會，我試過了，依然毫無反應。」

若真如他所說，社長聽到的只是另一個留下來的鬧鐘——前一晚跑到走廊上的鬧鐘的聲音。

「那個，」年輕男子說。「剛剛說到是密室，可是門鎖是可以用硬幣就打開的吧。」

「對。」

「而且還掛上了門鍊，人是不可能進到臥房裡的，但把手伸進縫隙倒是辦得到。會不會是因為這樣呢？令郎兩夫妻的其中一位，看到相似的兩個時鐘中沒壞的那一個跑到了走廊，發現到社長使用的是壞掉的鬧鐘。如此一來重要的結婚典禮就會遲到了吧。所以無論如何，都要讓社長順利地準時起床，而且是靠自己的新發明，這樣才是一石二鳥的結果。

這時某個人——自然而然變成是單獨一人在家的兒子需要這麼做，八點半時打開門鎖，手伸進縫隙裡，讓沒壞掉的鬧鐘在臥房響起來——」

「可是，鈴聲是在耳邊聽到的。」社長很快地反駁。「床是在房子裡頭，我是睡在那裡的。雖然鈴聲有時遠有時近，但確實是在耳邊的。」

「這方法聽起來是有點蠢，但會不會是將鬧鐘掛在釣竿前，前前後後移動呢？」

「我的房間是在爬上樓梯後的第一間。若站在門口用那種長釣竿前後移動，往後轉時人就會摔下去了。」

「而且，那個方法的話，也無法按停鈴聲。」男人說。「不僅要在社長醒來的同時將鬧鐘藏起來、讓鬧鐘停下來，還要讓他以為一直響的鬧鐘是另一個——裝在裝置上的那個鬧鐘，簡直是不可能的。因為響的鬧鐘並不在身邊。」

我有一點佩服他。和社長面對面坐著聊天的這個男人，頭腦挺聰明的。

「這樣的話，兒子這條線就放棄，而要考慮另一個可能性。」

「另一個可能是什麼？」

「社長應該也想到了吧？能穿過門鍊縫隙進到房間裡的，府上不是還有另一個人嗎？」

他指的是就讀幼稚園的孫子。沒錯，話題走到這裡是必然的。

「可是，那時孫子並不在家啊。」

社長豎起一根手指，強調說。

「若平時的話，星期六幼稚園是放假的，早上八點半大部分都在家。但那天是運動會哦。」

「也就是說有不在場證明吧。」

「啊，就是這樣。」

「有什麼能證明那個不在場證明嗎？況且他說八點前就出門，但有那麼早出門的必要嗎？」

「幼稚園有一點遠，開車要花快二十分鐘，而且運動會是八點半開始。根據事前發的程序表，上頭確實印著開幕典禮是在八點半。」

「令孫出發稍微遲了一些，所以為了趕得上自己的第一場比賽而沒參加開幕典禮——當然，他媽媽在這段期間也是跟著他的。是這樣嗎？」

「不對，沒有。開幕典禮三、四分鐘就結束，接著是全園的幼兒體操。可是影片中並沒有拍到孫子在做體操。」

「所以說，就算遲到，令孫在八點三十五分時已經在離家二十分鐘的幼稚園裡。這應該沒有錯吧。」

這樣的話，有可能留在家裡的原因嗎？

「有可能留在家裡的原因是——」西裝男說。「比如說調整時針嗎？」

「你說什麼？」

「星期五的晚上，你實際表演了起床裝置給令郎兩夫妻吧。那時，他倆就共謀，將社長臥室的時針全都調整過。看來他們懷疑社長光靠鬧鐘是起不來的，這樣的話即使來不及起床仍然有充分的時間。」

「不，不是這樣的。即使看出我的失誤，調了臥房裡鬧鐘全部的時間，也不能調整我所戴的手表。

所以無論是睡覺的時間、隔天或手表的時間，都和鬧鐘的時間對得上。而且，手表的時間正確無誤，是因為之後和車站的時鐘比對過，這是無庸置疑的。」

「這樣的話，無論怎麼想，社長被鈴聲叫醒都是八點半沒有錯——」

「就是這樣。」

「還有那時孫子不在家，這點也無庸置疑。真奇怪啊——」

「算了，我們先吃飯吧。」社長說道，料理已經端上來了。「我們邊說邊聊吧。」

於是兩人開始用餐，「如果是這樣呢？」年輕的那位立刻把話題拉回來：「不是令孫的話，那麼還是不得不懷疑令郎。但就像剛才所說的，並不是將會響的鬧鐘從門縫塞進去，而是跟另一個調換？」

「調換？怎麼調？」

「一到八點半，鬧鐘的鈴聲就會啟動，社長發明的裝置開始跑來跑去。話雖如此，因為鈴聲壞了所以也不會響。令郎在房間外頭，一邊把門開到最大，一隻手拿著另一個鬧鐘。

當裝置穿過門時順利抓住，快速地將裝在上頭的鬧鐘和另一個鬧鐘調換，然後放開。這麼做的話，社長的耳朵就能聽到忽遠忽近的鈴聲——」

「這樣不是很矛盾嗎？」社長用麵包拍了下臉頰說：「若是這種狀況的話，抓住起床床置的我，就能關掉一直在響的鬧鐘。」

「啊，說得也是。那個時候鬧鐘並沒有響吧。」

「嗯。因為剛醒所以不記得數字盤的顏色，但我記得開關明明是開的卻沒有響。而且，如果照你說的方式他們把鬧鐘調換的話，之後又調換回來了。我旅行回來後，上頭卻裝著壞掉的鬧鐘。他們為何要做這種事呢？」

的確很矛盾沒錯。如果「犯人」的行動是讓社長以為是靠自己的發明起床，出於維護他尊嚴的好意，再把鬧鐘調換一次也很奇怪。讓放著不管就會繼續睡下去的社長，來得及起床趕上結婚典禮，除了好意以外我想不到其他的動機。

「而且最重要的是，若是我兒子當天早上動的手腳，不就得在我房門守個五或十分鐘嗎？因為早上很冷，這麼做照理說感冒會變嚴重。但事實上他感冒已經好起來了，我出門之後，他也出門去參觀孫子的運動會了，甚至還參加了下午的哥哥爸爸吃麵包比賽，我有在影片中看到他。」

「若真是如此的話，究竟是怎麼回事呢？」

「我也想知道真相啊。雖然覺得兒子一家一定動了什麼手腳，卻猜不到究竟做了什麼。儘管如此，開口詢問的話又有失面子。

若你知道為什麼再告訴我，我會報答你的，但現在先吃東西吧。」

於是兩人專心吃飯，用餐期間也不時閒聊著。

然而我一小時前就吃完早餐，只能埋首工作（原本來這裡就是為了工作）的我，腦中仍一直想著星期六社長家發生的事。

這一切究竟是怎麼回事呢？事發現場是空間狹小的密室，能通過這裡的五歲孫子有不在場證明。母親也帶著孩子去幼稚園，還錄了影，人不在現場是絕對沒有錯的。

如此一來，在家裡的只剩社長兒子——我是這麼想的，剛剛社長自己應該也這麼說，但真是如此嗎？我聽到的資訊是社長的太太已過世，兒子一家人只有獨生子。不過，家中真的沒其他人嗎？

既然說社長是個付得起超額自費版金額的人，生活肯定是相當富裕。這樣的話，家中坪數應該很大，但家裡的女人只有還在照顧年幼孫子的兒媳婦——這樣一來，家裡有住家政婦也不奇怪。

然而，在社長的念頭中並未將家政婦算在內。「媳婦和孫子出門的話，只剩下兒子了。」才會變成這樣的說詞吧。若那位家政婦是極為纖瘦的人，或許就能動什麼手腳——

思及至此，視線一角上有東西在動。一看過去，發現老婆婆向我頻頻招手。她活潑到令人難以想像是幽靈。

「請問，您在叫我嗎？」

我坐到角座位上去。

「妳把那個拿出來。」老婆婆霸氣地說。「那個又小又能折疊起來的電話。那些人看不到我的身影，若聊得太起勁被他們看到會起疑心吧。」

剛剛那兩個人看不到婆婆的身影，這樣的話我看起來是面對沒有半個人的空間說話。於是我把手機貼著耳朵，假裝在講電話的樣子和老婆婆說話就好。

「對，這樣就好。」婆婆說。「前陣子真的很不好意思，今天把妳叫來是為了補償那件事。」

這是上個月的事情，我用手機和朋友聊著始終無法解開的「謎團」，在一旁聽我們說話的老婆婆完美地解決了這件事。可惜的是，解開的真相並不一定對我的工作有幫助。她說的就是這件事。

「別這麼說，沒這回事——我才要對當時的失禮道歉——」

「這件事先放一邊，」老婆婆打斷我的話。「今天這個謎團是個好機會。」

「什麼機會？」

「那一桌的對話。不是正好是個好機會嗎？」

「好機會？」

「小姑娘的工作是寫文章吧？而對面那位社長不是正在尋找寫文章的人嗎？這樣妳不是正好可以爭取那個工作嗎？。」

「的確是這樣沒錯，但突然要對不認識的人——」

「所以才是好機會啊。那位社長先生說想知道星期六事件的真相吧。你把真相告訴他，再順便介紹自己就好。」

「告訴他真相，哪有那麼容易──」我話說到一半想起什麼似的。「難道，老婆婆──不，是幸田女士──」

「叫我春婆婆就可以了。」

「難道春婆婆您已經解開謎團了嗎？」

不可能有這種事。瞬間又想，不，搞不好真有這種事。人生活到了被人稱作老婆婆的年齡，過世後約有二十年都像這樣觀察著人們，從之前的事件來看，就算現在已經知道真相也不奇怪。

我想知道真相，另一方面，也按耐不住想將自己剛剛想到的請教老婆婆。於是我跟她說了這個「家政婦假說」，但老婆婆的反應卻很冷淡。

「這個嘛，該怎麼說呢。以我個人來看，覺得不太有可能。」

「可是──」

「恕我多嘴，基本上不會有人不把家政婦算在內的。

在一、兩百年前，被稱為王子或公主的那些人，或許會這麼想，但對方並非特別的名門貴族，只是一般有錢人吧。更何況是在現今這個時代。甚至在我年輕時候，從未這麼想過那些大姊們。」

本身是富裕的大地主之女的老婆婆既然這麼說，我的假設也就不攻自破了。

「若真是如此，又是怎麼回事呢？」

「我就長話短說吧，必須在那兩人用餐結束前解開這謎團才行。」

老婆婆先說了這個開場白。

「說不定——我是這麼想的，一個是關於參加朋友女兒結婚典禮的社長。他說過宴會結束後的彩虹很漂亮吧。」

「嗯——」

「還有一個就是，關於吃麵包比賽這件事。」

彩虹？吃麵包比賽？我聽得一頭霧水。的確聽說社長的兒子參加了孫子運動會上的吃麵包比賽。但這重要嗎？

「小姑娘上星期六人在哪裡呢？」

「欸？」

「我不是要問太詳細的行程。只是要問妳人在東京，還是去了很遠的地方。」

「我在東京。」

「那妳可以回想一下，那天的天氣怎麼樣？中午左右有下大雨嗎？」

我回想那天的情形。那天為了找資料而逛書店，途中遇到了大雨。因為早上是大晴天所以沒帶傘，淋成落湯雞。的確如同老婆婆所說。

「我就想一定是這樣。」老婆婆點著頭說。「要是那個鬧鐘跟社長先生說的一樣，就只能這麼想了。」

我真是聽得一頭霧水。

「那一天的天氣跟鬧鐘之謎有什麼關係呢？」

「竟然還問我為什麼。」老婆婆一副『怎麼還不懂呢？』的表情直直看著我。「如果白天下大雨——最近的天氣預報很準，如果一大早知道這件事的話，運動會是不是就會暫停呢？」

「啊！」

「由於小孩子容易感冒，幼稚園的運動會在這方面也很敏感。雖然已經是很久以前的事，我最小的孫子上幼稚園的時候，老師們會很留意天氣預報，若天氣不好的話很早就會決定運動會暫停，並打電話聯絡家長。

前一陣子的星期六也一定是這樣吧。幼稚園很早就通知家長，當天運動會停辦。」

「那麼，社長看的錄影畫面是怎麼回事呢？」

「社長從旅行回來是星期一。應該是星期六運動會暫停後，隔天星期日再重新舉辦吧。若那天也沒下雨的話。」

星期天是一整天都是大晴天。社長看到在晴空之下舉辦運動會的錄影畫面，使得他以為是星期六發生的事情。

「星期六社長是在天氣還沒變壞前出門，所以不曉得東京天空的狀況。年輕的那位男性那天或許也出遠門。不然就是不小心沒想起來而已。

我之所以想到說不定星期六下雨——是剛剛話題中講到社長在水戶欣賞到的彩虹。他說宴會的後半場下大雨，所以大概是在下午的時候。

水戶是在東京的東邊，天氣狀況比東京慢一拍也是常有的事。我也知道未必一定是這樣，」

和上次一樣，我聽得瞠目結舌。

「然後是社長兒子參加吃麵包比賽的這件事。這件事也令人在意。星期五的晚上，他的身體不舒服到甚至沒有要去欣賞小弟弟的運動會，這樣的人不到一天身體就能完全恢復嗎？從這件事來看，運動會其實不是在星期六而是星期日舉行——我是這麼認為的。」

「那麼——星期六早上叫他起床的是——」

「我就依序跟妳說明吧。首先是星期六晚上，或者說星期六清晨，社長兒子或媳婦，發現社長是將相似的兩個鬧鐘之中能響的那一個放到走廊上。

那個數字表盤——他是怎麼說的呢，好像是說形狀很複雜——」

「是計時碼表風。計時碼表指的是碼表，也就是有碼表的手表。就像這樣附有小的數字盤。」我把樣子畫在手帳上給老婆婆參考。

「哦，這裡的店長似乎也戴著同樣的手表。」

老婆婆了解了之後繼續說。

「因為社長將壞掉的鬧鐘裝在裝置，所以身為家人要是不想辦法叫他起床實在說不過去。

因為在這個時間點上運動還沒決定停辦，所以叫他起床的方式可能是兩者其中之一——提早起床，孫子出門之前先進到臥房把他搖醒；或是依照定好的時間，八點半時由兒子在門外大聲叫醒他。

然後這時候收到運動會暫停的通知，孫子在八點半時會在家裡，所以家人就想到另一個方法。讓社長以為是靠自己的發明醒來，滿心歡喜出門旅行的方法。」

「也就是說？」

「也就是說，讓孫子拿著沒壞掉的計時什麼的白色數字表盤的鬧鐘，在八點半稍早之前穿過門進到社長的臥室裡。」

到了要起床的那一刻，社長先生所發明的裝置開始跑來跑去，但因為鬧鐘鈴聲壞了所以沒有聲音，這時孫子手上的鬧鐘響了起來，因為是爸爸還是媽媽先跟他說八點半要讓鬧鐘響。

孫子照父母的話去做。他就這樣拿著響個不停的鬧鐘，一下來到社長耳邊一下又離開，像這樣跑來跑去。由於是年紀很小的小孩，只要小心一點幾乎不會發出腳步聲。然後發現社長差不多要起床時就關掉鈴聲，再躲到家具後面。

事情是這樣嗎？肯定是這樣的想法愈來愈強烈。

「如此一來，社長先生就能順順利利開心地前往結婚典禮，並且和朋友去泡溫泉。」原來如此。只不過，還有一個疑問。

「可是，」我說。

「怎麼？」

「無論是社長的兒子或媳婦，只是為了讓社長高興而這麼做的話——都已經設想得這麼仔細，為何之後不將鬧鐘調換回來呢？

社長回來時，若他引以為傲的裝置上裝的是另一個時鐘——也就是會響的那一個，社長就會一直被瞞下去不是嗎？

如果，他想到星期五晚上——無論想到自己裝在裝置上的是黑色的數字表盤、或是鈴聲不會響的那個鬧鐘，事實上星期六早上鬧鈴卻響起來了，現在也仍裝在裝置上，就會覺得是自己記憶有問題吧。為什麼卻少了最後一道手續沒做呢？」

「社長兒子夫婦並沒有省下最後一道手續哦。」老婆婆微笑著。

「這是什麼意思呢？」

「當然，跟小姑娘說的一樣，可以之後再把鬧鐘調換回來。只要社長的臥房沒有掛門鍊的話——也就是說，只要本人不在的話隨時都能進去。

社長兒子或是媳婦確實有把會響的鬧鐘，也就是白色計時什麼風的數字盤裝在裝置上。」

「可是，社長他——」

「社長旅行回來之前，我想還有另一幕。」

「這是什麼意思？」

「或許是哪個人，再一次調換了時鐘。」

「欸？另外的某個人？」

「就是社長孫子，五歲的小男孩。」老婆婆斷言說。

「小男孩做了什麼嗎？」

「這部分免不了參雜過多推測。或許聽到雙親說話的小男孩誤會了什麼？

小男孩順利完成跑來跑去的鬧鐘的替代任務，社長愉悅地出門之後，目送父親出門的兒子，與從躲藏處出來的媳婦是不是聊起了這件事呢？

『之後在爸爸回來之前，將那個計時什麼風的裝在裝置就好。』像這樣子的對話。或許說了什麼正式的名稱，也或許跟我一樣是用『計時什麼風』的說法形容那個鬧鐘。

無論如何，至少五歲小孩肯定不知道那是什麼的。所以聽到那句話時，會誤以為是『黑色數字表盤的鬧鐘』。」

我佩服得一個字都吐不出來。

「於是，在祖父回來之前看到那個黑色數字表盤的鬧鐘來到走廊上，會不會以為

——什麼嘛，爸爸媽媽都忘了自己說過的話，是不是忘了該做的事。於是小男孩就幫他們一個忙。他將這時候裝在裝置上白色又複雜的數字表盤拆下來，換成簡單的黑色數字表盤。」

我又詫異地無話可說。

「或許無論是社長兒子或媳婦，都不認為小男孩有辦法做這種事吧。因為不單單只是將鬧鐘放在裝置上，上頭還有其他各種的配線。

若他們認為小男孩辦得到的話，應該一開始就拜託他這麼做才對。讓小男孩一大早在祖父睡覺時偷偷溜進臥室，偷偷調換裝有機械的鬧鐘就好。為了讓鬧鐘能在八點半響，將壞掉的鬧鐘交給他讓他裝上去，這樣小男孩就不用跑來跑去就解決事情了。

繼承到祖父玩機械的長才，以及雙親的善良體貼，小男孩的未來將不可限量。

啊，話說回來，對面那兩人已經喝完咖啡了。妳快過去談工作的事——」

「可是，再怎麼說，說我想自己解開謎團這也太——」

「無所謂啊，畢竟又不能說實話吧?別磨蹭了，快去吧。」

既然都說到這份上，我也不得不硬著頭皮走向對面的桌子。

「不好意思，打擾了——」

我出聲招呼，兩人同時看向我。

那一瞬間我發現，從我的位子只能看到背影的西裝男，根本就是我的理想型。

有點難形容他究竟是什麼類型的。年約三十左右吧，硬要形容的話他並不是雙眼炯炯的那種帥哥，而是臉型長、皮膚有點黑，嘴角戲謔似地上揚，且有些調皮的眼神。外形很適合穿西裝，給人的印象也很好，但感覺有點難以對付。

若被說這種男人是妳的理想型，品味還真特別，我也沒話說。或許是我的形容很差。可是，對於異性的喜好本來就很難解釋，尤其不像喜歡帥哥，或喜歡大胸部女生這種清楚明瞭的話。

「真的很抱歉，我剛剛聽到了兩位的對話。」我鼓起勇氣接著說：「關於星期六發生的事情，能否聽一聽我的想法呢？」

「真是太好了，請坐。」社長高興地說。「南野先生呢？你有時間嗎？」

「沒問題。」姓南野的理想型男人答道。「關於星期六那件事的真相，我也很有興趣。」

「其實，」我說。「我的想法來自於社長在水戶所見到的彩虹，和後來的吃麵包比賽——」

戴著計時碼表手表的店長替我倒新的咖啡，我則以自己的方式說出老婆婆推理的真相。雖然這樣的確有點心虛，但沒其他辦法。

「原來如此。事情原來是這樣啊！」

社長完全同意這個說法。至少幼稚園的運動會延期是再明顯不過的事實。社長在錄影畫面中看到的運動會從頭到尾都是在好天氣下舉行的。我的證詞已提出星期六的東京天氣不好，南野先生（本人當天據說是出差的）也想到聽誰說過這件事，而同意我的說法。

「我就知道他們動了什麼手腳，原來是這麼一回事啊。啊，真是痛快。真的非常謝謝妳。請教妳的大名是——」

來了！我拿出頭銜為「撰稿人」的名片。

「其實我是做這一行的。這或許有些不禮貌，我聽到兩位在聊星期六的事件之前，也聊了另一件話題——」

「是社長想出版自傳的那件事啊？」南野先生覺得有趣地說。

「對對，剛好我在找寫手。」社長似乎很高興。「妳要幫我寫嗎？這樣就再好不過了。」

「然後，關於稿費，不需要剛剛社長說的那麼高的金額，是以我們這個業界一般的收費——」

我享受著極大的安心感。因為雖說老婆婆的幫助很大，但畢竟自己進行不擅長的「推銷」而脫離了經濟危機。

「收費是多少呢？」

我張開口想回答社長的問題，視線邊看向角落座位。老婆婆開心地微笑著，全身的顏色變淡逐漸消失。

消失時一邊把右手舉到臉旁，朝我比了個手勢。並不是V的勝利手勢——拇指幾乎呈水平，豎起食指，中間隔著幾公分的距離。

老婆婆的身影彷彿水面上波紋流動般的感覺完全消失之後，我才終於明白這手勢的意思。意思是說——把這故事寫下吧。

沒禮貌的吊飾謎團

1

「一陣子沒看到妳了。」

我正在確認雜誌的印刷稿，此時旁邊突然出現這聲音而嚇了一跳。尤其曉得聲音的主人是幽靈就更驚訝。

這裡是東京郊外的大眾餐廳，我是個常常抱著工作用的工具來這家店的自由撰稿人。無論何時來人都不多、客層也較為安靜，更何況男女服務生都沉默寡言，覺得很適合我而經常跑來這裡。

話雖如此，我不會點太貴的餐，喝著免費續杯的咖啡一坐就坐好幾個小時，像我這樣的客人若經常過來的話，店家反而很困擾吧。

然而，某一天的某個機緣下，我知道了這家店靜謐與氛圍獨特的理由。這個理由原本是這附近的地主幸田家當家，現在是以幽靈身分在這家店出沒的春婆婆。

嬌小的身軀與和服很配，笑容很可愛，乍看之下是極為普通的老婆婆。話雖如此，仔細注意看會看得出來，只有氣息比真正的活人稍微少一些而已。

我不懂老婆婆徘徊人間的動機是什麼，也不懂幽靈在想什麼。根據店長的說詞，她很關心在這裡出沒、在跟她緣分很深的那些人。就我來說的話可能有些多管閒事——她以驚人的清晰條理解開不可解的謎團，上個月還為我爭取到工作機會，我能感受到她對朋友的義氣。

「小姑娘最近好嗎？」

「託您的福，還不錯。」

「不好意思，我有事想跟妳商量。若妳不忙的話，可以過來跟我聊聊嗎？」

站在通道上的老婆婆這麼說著，並指向她的老位子角落。

其實既然是來這裡工作，也不能說是完全很閒，但春婆婆既然有事找我「商量」，我也不可能棄她不顧。於是我將印刷稿和生財工具整理好，跟著和一般客人無異（仔細一看，感覺腳並沒有踏到地面）的老婆婆的腳步往角落座位上去。

「其實我想跟妳談談山田先生的事。」

一坐到對面，老婆婆就開口說。

「山田先生是哪位？」

我手機貼著耳朵回應著。

雖然不多但也不至於完全沒人的客人之中，有看得到老婆婆與看不到的人。若跟老婆婆談話的時間很長的話，屬於後者的客人會以為我是一個人在胡言亂語的奇怪女人。

「哎呀，妳認識他啊，就是這裡的店長。」

聽她這麼一說，我才想到胸前別著「店長 山田」名牌的人。

「他最近似乎很沒精神吧？」

「有嗎——」

我歪頭想。要這麼說的話，這裡的所有員工，都離精神奕奕很遙遠。

看得見幽靈春婆婆的身影，在某種意義上只限於「內心孤寂」的人，這是這家店店長說的。

在某種層面上老婆婆算是老闆，而這家店的員工必然全是「看得見」的人，有這些性質的人們遵守店內不成文的規定（空出店裡頭的角落座位）行動，反而更令整家店散發陰沉，或說是有些不祥的氛圍。

「他本來不就是這樣的人嗎？」

老婆婆輕輕聳聳肩，

「果然是因為我跟山田先生認識得比較久吧。他的確平時就不是很活潑的人，我這老婆子很清楚，最近這陣子很不一樣。」

「所以呢——？」

店長也就是山田先生比平時更加沒精神。就算真是如此，我又能幫上什麼忙呢？

「真的很不好意思，希望妳能抽點時間和山田先生聊聊好嗎？」

「我嗎？」

「因為我不可能去問他，」老婆婆指著我的耳朵說：「小姑娘能像這樣聽我說話，但山田先生不能坐在客人位置上講電話吧？」

的確是這樣沒錯。

「但是山田先生有什麼煩惱的話，直接和春婆婆聊比較妥當吧。在裡頭的辦公室之類聊呢？」

「我沒有立場可以出入那種地方。」

「那麼營業時間結束後，在這裡聊呢？」

說完後我才發現。這家店和多數的大眾餐廳一樣是二十四小時營業的。

「總而言之，若小姑娘方便的話，就叫山田先生過來這裡。」

老婆婆瞄了一下替吧檯座位客人倒咖啡的店長後，以極其溫柔卻很堅定的說氣說著。

「告訴他是我說的，問他要不要以小姑娘當媒介的方式聊一聊呢？」

「竟然讓春婆婆替我擔心，真的是很不好意思。」

2

店長在角落座位坐下來，正面面向我。

客人們沒看到端正地坐在我旁邊的老婆婆，或許在客人眼裡，我看起來像是來應徵工作，接受店長面試的人吧。

「的確最近有件煩心事，但這是我個人私事就覺得不好意思——」

店長低著頭，瀏海垂了一根在蒼白的額頭上。他明明是個個頭很高、肩膀很寬的人，卻不覺得他會去做運動，這樣的反差真有意思。

「受過春婆婆照顧的家父過世了，母親託您的福還很健朗。這把年紀的母親常常會做的事，就是為老大不小仍單身的兒子尋找結婚對象。」

店長年紀約三十三、四歲吧。這年紀單身也不稀奇，但若已有家庭和小孩也不為過。「我對親戚或母親的朋友拿來的女性的簡介或照片，只是看一看，一次也沒有心動過。我這樣說聽起來好像很自大，但既然考慮到是一生的伴侶，我有不可退讓的底線，若沒遇到這樣的女性，或即使遇到對方卻不選擇我的話，一輩子不結婚我也沒關係。

所以，我從未正式相親過。然而就在前一陣子——」

聽到這句話，我不禁探身想聽仔細。我對這種話題最有興趣了。只要不是太過荒誕無稽的話，而且總感覺店長的煩惱並不是那種的。

「我有一位伯母，名叫滋子。其實她並不是我直系的伯母，而是父親堂兄弟的老伴，那位堂兄弟也跟我父親同樣過世了，但母親似乎跟她很合得來，所以一直有來往。年過七十，年輕時一直任教於高中女校。

因為職業的關係，認識許多單身女性。另一方面，自己的獨生子已經成家——因此常常介紹結婚對象給我。

這些女性照片中，有一人在我心中留下強烈的印象。

那位女性叫做藤野聰子，年紀三十一歲，任職於東京都內的法律事務所，十幾年前曾是伯母的學生。

照片的印象該說是凜然透明的感覺嗎？感覺照片散發出這個人一絲不苟、直率的個性。」

我雖默默聽著，內心卻在打問號。真的光看照片就能看得如此透徹嗎？重點就是，在你心中那個人不單單只是個美女吧？

「我想跟她見個面，對方也同意，便決定見面了。

碰面的地點並不是制式的大飯店，而是氣氛較輕鬆的簡餐店，滋子伯母也出席，談天說地聊了許多事。滋子伯母和藤野小姐從畢業以來就沒見面，直到旅行時才偶然再碰頭。她在校時成績和品性都很好，是那一學年『第二名優秀的女同學』——第一名不是別人，正是伯母的媳婦，聽說是藤野小姐的同學。

先不提伯母說的事情，實際見到面的藤野小姐果然和照片中的印象一模一樣，令我深深覺得將來一定要和她交往。」

對店長山田先生而言。「一絲不苟」似乎是他對女性的主要選擇標準。連大眾餐廳的桌子都會搞得亂七八糟的我，我想再怎麼樣他也不會愛上我。我默默聽著他的話，老婆婆也時不時點點頭而已，並未插嘴。

「我將自己的想法告訴滋子伯母，滋子伯母便跟對方聯絡。

幸好她似乎也不討厭我，下次決定兩人單獨見面——但其實這時伯母已經不高興了。

致電給藤田小姐時，『即使之後才要做決定，但對方希望能以結婚為前提交往——』之類，伯母說出固定的臺詞後，她回答：『總而言之，我願意以結婚為前提的前提來交往』。」

「那是怎麼回事——」

我也明白這種固定臺詞很沉重，但並非所有人都會不假思索地對媒人說這種話吧。

「伯母似乎很不高興，『那孩子從以前就是那樣，明明很優秀卻不懂事，甚至曾引發驚人的事件。』開始嘮嘮叨叨起來，但我卻反對伯母的說法。

結婚這種人生大事多多觀察也是理所當然的，跟照片中的印象一模一樣是個性很直的人，我反而很喜歡她這樣。」

「然後呢？有單獨兩人見面了嗎？」我催促他說下去。

「嗯，見面是見面了。」

山田先生和剛開始說話一樣，低下頭，瀏海又形成了一大片陰影。

「自從上個月第一次相親以來，之後又見了三次面。然而，每次見面都有一件事令我很好奇。」

來了，有趣起來了！雖然我也知道這樣很八卦。

「該說是好奇呢？還是覺得有些不對勁。」

擔任提問方的我，與默默聆聽的老婆婆，兩人都不解地歪著頭。

「一開始覺得奇怪的是她的吊飾。」

「吊飾？」

「是的，就是手機吊飾。」

店長重重點完頭後，開始說明。

「那時我們先去表參道的畫廊看畫，然後去義大利餐廳吃飯——」

還真是時髦的約會行程。和山田先生的感覺不同——我想著，但他平時一定不是只會穿著白色制服在郊外的大眾餐廳裡結帳而已。

「藤野小姐穿著黑色雅致的洋裝，脖子上戴著琥珀色項鍊，搭配巧克力色的方型皮包。原以為或許是名牌包，但上頭沒有類似的LOGO標誌。

像這種成熟女性的裝搭也很適合她，我在會合的地方簡直看呆了，但就在她說『我們走吧』的時候，她將包包換手提，手機吊飾掉了出來。」

「那個，有什麼問題嗎？」

這是很重要的事嗎？雖然不掉出來的確比較妥當。

「該怎麼說呢？吊飾整個從包包側邊或口袋掉了出來。如果是隨著重力垂吊下來的話，我還不覺得奇怪。

但並不是這樣的，的確就是掉出來。吊飾的一部分從包包的側邊露出來，然後又扭了一下回到包包裡。而且還是在很奇怪的位置。這個吊飾很高調，是現今女高中生會拿的那種廉價的粉紅色吊飾，故意做得很寬。

吊飾實在很難跟她的形象搭在一起，感覺是不禮貌的闖入者跑到她這個人設裡。這樣的形容是誇張了點。」

「這個嘛——」

「光這樣的確不足以大驚小怪，可是之後又發生了。

那次是我們在日比谷看電影吃中華料理。當時她穿著枯葉色的針織洋裝，應該叫做手鐲吧，手上戴著大的金屬手環。

那手鐲並不是鬆鬆地戴在手腕上可以移動的那種，而是緊套在上臂。如果是剛剛好套在上頭還算好看，但因為手鐲太重一直掉下來，幾乎五分鐘一次。

這樣的話乾脆戴在手腕上就好，但她又套回上臂。然後又掉下來，掛在手肘上搖來搖去的。無論是看電影、吃飯、回程坐在電車的時候，她就一直那樣把掉下來的手鐲套回去。

然後是——第三次——」

話說到這裡，山田先生停頓了一下。

「第三次怎麼了？」

「就才上週的事情而已。她的弟弟今年考研究所，所以我們兩人去湯島天神拜拜祈福。回程時在一家小店裡吃火鍋——」

不是挺愉快的行程嗎？

「那麼，她那天的穿搭呢？」

我曉得這裡似乎是重點，所以開口。

「嗯，因為天氣變涼了所以穿著外套，但問題是下面這個。因為是要吃火鍋，應該會穿比較休閒的衣服，但她穿著長裙、上半身是無袖的針織衫，有點不合季節的造型而嚇了我一跳。如果只是這樣的話還無妨——」

接下來的事似乎很難開口。

「怎麼了嗎？」

「就是，那件黑色無袖的針織衫下，果然是穿著黑色的坦克背心。

可能是尺寸不合吧，坦克背心肩帶常常從袖口滑落下來，簡直像是內衣一樣。

可是她似乎不在意的樣子，繼續聊著話題一邊從袖口收進去，但卻又馬上滑下來。

如果是十幾歲的朋友一起出來玩就算了，成熟的女性刻意這樣打扮，背心滑落下來卻不在乎，有可能嗎？」

就算二十幾歲的我也覺得怪怪的。超過三十的成熟女性，和相親對象在約會時發生這種事——想起來的確很奇怪。

「這樣一想，看起來她挺不正經的。」

「就是這樣。」山田先生深深點頭。

「那麼，山田先生就是好奇這一點——」

「與其說是好奇，更像是無法釋懷。和她整體的印象搭不起來，而且她所表現出的所有行為，看起來似乎有明顯的意圖。

換言之，主要就是我是不是被當成備胎了——」

「被當成備胎？」

「嗯。三次約會中，無論服裝或配件中會出現一個地方很奇怪。好像跟其他的部分很不搭，有不自然的奇怪感覺。雖然這樣的說法也很怪，但感覺她是故意這樣做的。

假設真是如此就有什麼意義了。我覺得像是暗號一般的東西，但我完全想不通。應該是給懂的對象看的——這樣的話，她的目的就不是給正在約會的我看，而是給其他的某個人。」

或許真是這樣沒錯。

「既然如此，有可能的對象是『男人』吧？以前的男人——這樣還算好，說不定是現在正交往中的另一個男人。」

「你的意思是，因為倦怠期之類的，那男人的態度曖昧不明，為了刺激對方才跟山田先生約會的意思嗎？」

我說完，老婆婆用『妳怎麼這麼說話呢？』的責備眼神看我。

山田先生似乎真的因為我的話而難過。之前只是自己悶著頭亂想，別人一旦講白就會很挫折吧。

「啊，很抱歉。」

「不會。」

「可是，既然都已經說了，我就繼續說下去吧，」我說。「她究竟對這種關係的男人打的是什麼暗號呢？」

「這我也不曉得——」

「聽起來最後一次約會。因為穿得很性感，感覺像是要吸引山田先生，想跟你再更進一步。」說到這裡我發現一件事。「啊，可是，那時可是在吃飯哦。因為在外頭所以穿著外套，但黑色背心從肩膀滑落下來也只有山田先生一個人看到吧。」

「不。」山田先生斬釘截鐵說：「在回程搭地下鐵的時候，因為車裡太熱也脫了外套。」

「即使如此還是很奇怪啊。」

我察覺到根本的矛盾。

「約會的地點都不一樣，可說是天南地北。所以不可能給特定的某個人看吧？那個人不可能跟你們兩人一起到處跑，只要沒跟蹤的話，不可能看得到——」

「這部分就是我想到的。」

山田先生身體向前，表情認真地說。

「表參道、日比谷、湯島，這些約會地點氣氛都各有不同——」

時尚的街道、商業街，以及舊東京面貌的街道。

「其實有一個共同點。這些全在地下鐵千代田線沿線上。」

「啊，原來如此。」

「其實我們回程都是搭千田代線。而在車廂裡她也會出現奇怪的行動，反正就是一直將滑落下來的手鐲重新戴好，或肩膀的肩帶掉下來之類的。」

「那是──」

「所以，我是這麼想的。地下鐵的列車長會不會就是『另一個男人』，她交往中的戀人？」

「怎麼可能。」想說他是在開玩笑，我噗哧笑著說，

「我是認真的。」山田先生對我翻了個白眼。

「我會這麼想是從最後那次約會開始。所以自從那次以來，不僅不想搭千代田線，連地下鐵都不想看到。不得已有事要坐電車的話，目光都會下意識地盯著列車長。

我自己也不是那麼相信『列車長假說』，假設真的是列車長，即使不是眼前的那位，但只要看到那身制服，就會萌生情敵的感覺。」

病得真的很嚴重。

若是制服的話，我也很難想像山田先生穿著這間餐廳的白色制服以外的打扮。更何況山田先生一看到列車長穿制服的模樣，便胡思亂想燃起妒意。

「春婆婆怎麼看呢？」

我一個人實在難以應付。幸好幾乎沒其他客人，我把話題轉給旁邊的春婆婆。

「這個嘛。」

她和平常一樣，用穩重的語氣回道。然而，一個不小心，這個有氣質的聲音就會出尖銳的言論。

「列車長的假說的確有其道理。假設兩人約會的地點都是藤野小姐提出來的話——」

「嗯，的確是這樣。」

「就算是這樣，『回程時搭幾點幾分的電車』連這部分都要配合得很精準，應該很困難吧。假設就算完全掌握某位列車長何時會搭哪輛電車的預定也一樣。」

「像是電影幾點結束，或吃飯時聊得很盡興等等，影響的因素有很多吧。」我插嘴說。「而且若在剪票口花太多時間，錯過一班電車也是常有的事。」

「就是這樣。」

「可是，若不是地下鐵的列車長，特定的人理應是不可能都去剛剛那三個約會地點的。」

「兩位說得也有理。」山田先生很堅持。「就算是這樣，她的行動肯定是種訊息，目的是要給誰看的。我看起來是這樣的。」

「就算是這樣，」我回道：「會不會其實是要給山田先生的訊息呢？」

「什麼樣的訊息？」

「這個嘛，先不提她在十一月寒冷的季節穿無袖的很奇怪，連坦克背心肩帶都會掉下來，我雖然不喜歡這說法，果然是想誘惑——」

「她不是那種女人。」

他冷冷地回答。這語氣彷彿否定了往那個方向去想的我的人格。

「若非如此，難道她是故意做不正經的打扮，為了惹山田先生不快嗎？」

我會故意這麼說，是因為剛剛沒來由地被否定而有點不高興。可是隔壁的老婆婆出來緩頰：

「好了好了。若是這樣的話，還有其他方法吧？」薑還是老的辣，她用幽靈特有的溫柔緩解了緊張的氛圍。「想想其他的可能性吧。」

「其他的哪種可能性呢？」

「這個嘛，想了想應該是因為這個吧。

那位小姐的不自然行為，的確是刻意做給誰看的。可是，既不是給山田先生，也不是給除了山田先生以外現場的其他人。」

「什麼？」我大吃一驚。「意思是對方是不在場的人嗎？」

對於不在現場的那個人，要怎麼讓對方看到自己的訊息呢？

「嗯，不在現場就不能直接看到，但是可以聽到傳達的訊息吧？

譬如說，安排兩人相親，一直打探之後進展的人——」

「是滋子伯母嗎？」

如果是剛剛話題中的伯母的確會這樣。「之後你們兩人怎麼樣了？」「約會之後發生了什麼事呢？」一直想打破沙鍋問到底。

「伯母的確一直問個不停，但我躲開她了。」

「站在藤野小姐的角度看，是不是希望山田先生能回答伯母的問題呢？剛剛說到的電話的繩子之類或掉出來的肩帶之類的，她希望你將這些事說給伯母聽。其實想傳達的對象是高中生時代的老師，而不是以前的戀人或是地下鐵列車長呢？

之所以會這麼迂迴，應該是因為那是只能用這種方法來訴說的事。」

「到底是什麼呢？」我問道。

「以下也是我的推測，根據伯母的話——那位小姐從以前就不懂事，而且還用了『事件』來形容。

那句形容詞多少有點嚴重。你要不要再問詳細一點呢？」

「這麼說來，」山田先生視線飄向半空中。「那是在她們的高中時代所發生的事，我記得是跟假人模特兒——」

「假人模特兒嗎？」老婆婆滿意地說。

「您有興趣嗎？」我問道，

「因為若是假人模特兒的話，不就跟剛剛話題中的『服裝』有所關聯了嗎？」

原來如此，經她這麼一說的確是這樣。

「請務必向伯母請教那起『事件』的狀況。可能有藤野小姐不可思議的行動背後所藏的原因。」

山田先生點點頭站起來，數分鐘後回到這裡。

「伯母似乎傳了傳真來。」他說。「要談這件事至少要花三十分鐘左右，畢竟我還在工作，這樣不太好。」

「你就優先處理你的事。」老婆婆說。「其他的店員也能理解吧。」

「況且，其實也沒什麼客人。」我說。

「總之，傳真過來的話我再通知兩位，請先等一陣子吧。」

可能是不再去想地下鐵列車長的事，山田先生表情稍微放鬆下來，變回「店長」的態度宣告說。

3

我之後便回到自己喜歡的窗邊位子，再度打開列印出的原稿，但因為好奇店長的相親奇聞，而沒有進展。

老婆婆什麼都沒做，有時坐在角落座位上，時不時消失。終於經過了一小時之後，店長向我們打暗號。

以下是店長已逝父親的堂兄弟夫人，滋子伯母所傳來的傳真內容。

＊＊＊

前一陣子打擾了。

關於藤野小姐以前的事件，的確應該要跟貴紀說的，真的非常抱歉。不過，雖說是事件，但從世人來看這並非犯法的行為，只是一個惡作劇吧。

如你所知，我所任職的K學園是適合女性就讀，中高一貫校為理念，為培養賢妻良母的女子，而在人格教育上傾注了全力。作為本校理念的象徵物是克拉麗莎人偶。據說那人偶是在昭和初期傳教士從美國拿來的，但原因並不清楚。

穿著從學校創立初期的制服，擺在禮堂裡作裝飾，等身大的克拉麗莎模樣清純又可愛，正是十幾歲該有的少女模樣，深獲許多學生與職員喜愛。手腳的關節可以活動變換姿勢，頭鬆也是漂亮的焦茶色，一根一根地種在頭上。

克拉麗莎在每年六月的園遊會上會脫下制服改變造型。但穿的不是華麗的禮服，而是罩衫搭配裙子很有少女風、健康活潑的造型，衣服全是家政科的全體學生親手縫製，穿衣服則是由當年的學生會書記負責。

擔任書記的是高中部的兩名二年級生，通常兩人之中會有一人成為隔年的學生會長。其他學生都很崇拜她們，而在任中的兩人也算是競爭對手。

話說回來，距今十四年前的那一年，擔任書記的是藤野聰子小姐，以及安西小姐這兩位學生。

校慶前一天跟歷年一樣，由負責的兩人將克拉麗莎搬到值班室，替它換上從家政科教室拿來的衣服。那一年是櫻花圖案的短袖罩衫與手織的毛線背心，長度到小腿肚的A字裙。

直到脫下制服，美術老師都會在。這是為了如果克拉麗莎被弄髒或受損可及時處理。由於當天沒有異常，老師便去忙別的工作，值班室裡只留下藤野小姐和安西小姐兩個人。

於是兩人開始替克拉麗莎換衣服，穿上罩衫與裙子時，安西小姐想起背心還放在家政科教室裡便去拿。這段期間藤野小姐一直待在值班室裡，也證實其他學生和老師都沒半個人進到值班室。

安西小姐回來時，還帶著另一位學生。依照每年的慣例，克拉麗莎換造型的時候，讓手藝高超的學生化妝，所以安西小姐才把負責化妝的學生帶來。於是她們就讓克拉麗莎穿上背心，再仔細綁頭髮。

問題是這第三位學生手藝很巧，髮妝都非常精緻不輸給專業人員，而且衣服最外層的背心是從頭上套下去的穿法，而且當時背心設計得很貼身。

我就說快一點吧。校慶順利結束，克拉麗莎也要換回原本的制服——就在這時，發生了令校長以及資深老師們都大驚失色的大騷動。

人偶的背心從頭部被脫下來，櫻花圖案的罩衫鈕扣被解開，罩衫下煽情的黑色蕾絲胸罩不就露出來了嗎？（因為是人偶一般不會穿內衣，這麼做是以防萬一）。我們連忙把胸罩拿下來後，竟然發現克拉麗莎清純的胸前，用麥克筆畫了下流的紅色愛心，上頭還插了箭的圖案。

這邊必須解釋一下。其實關於這個圖案是有故事的。同一年年初，有個高中二年級的學生將這個圖案刺青刺在胸前。當然那不是真的刺青，幾天後就消失，但當時的校長很嚴格，被嚴厲斥責一番後結果她就休學了。

那位學生從國中部時期就與藤野小姐很好，有人在克拉麗莎胸前畫了愛心的刺青——這樣的傳聞在學生間傳開來，相傳是藤野小姐為了替她報仇才這麼做的。

而且，雖然之後學生們都沒提這件事，但大家都認為其實是藤野小姐做的。

或許每個人都能在校慶期間，在克拉麗莎的胸前用麥克筆畫圖。只要等到周圍沒人的時候，將罩衫和背心掀起來就辦得到。但克拉麗莎身邊幾乎都有人在，理論上很難實際做到。

不僅如此，還有黑色內衣的阻礙。

因為是內衣，當然是穿衣服前就先穿好的，或是穿好之後再脫下來。可是髮妝完畢後就沒脫掉過背心也是事實。如果要將從頭套下來的貼身背心脫掉，再穿回去的話，確實會弄亂髮型。

畢竟那年的克拉麗莎的髮型是非常精緻的，能恢復原狀的只有負責的學生。再加上花很久的時間做頭髮，包含那位負責的學生，任何人都不會想去脫掉背心。

既然如此，只能認為穿胸罩是在穿背心之前。換言之，是在校慶前一天，而且是在脫下制服後的時間點。重點就是這是藤野小姐一個人待在值班室的時間。

然而，教師之間也有對刺青學生的處理是否太過嚴厲的聲音。此外從藤野小姐平日的行為來看，也不忍太過責備她，大部分人的意見是這樣。

因此，她被叫到校長室，在我以及那些資深老師們面前被質問是不是她做的。既然她否認就沒再追問下去。克拉麗莎是本學校理想中健全又清純的女學生象徵，讓這樣的她穿下流的內衣的衣服和畫刺青圖簡直荒謬至極——校長先生當時這麼說。

「這等於跟殺了她一樣，這是殺人了。」

話說到一半，校長先生說了這樣的重話，現在想起來是很誇張，但我記得我當場頻頻點頭。

那一瞬間我和藤野小姐四目相對。

她並未受到什麼嚴重的處分，卻辭退了隔年的學生會長選舉，一直到最後都沒承認是自己做的就這麼畢業了。

以前的事就寫到這裡。我前一陣子脫口說出藤野小姐「不懂事」的理由就是這個。

只不過當時我認為她的行為一定是為了朋友，覺得她是很有義氣的女生，作為當時教師之一的我能夠保證。會把她介紹給貴紀絕非一時衝動，希望你們能順利走下去。

信就寫到這裡。

＊＊＊

寫了幾張的信紙，很有教師風格、順暢又易讀的文筆，我們臉貼著臉讀到最後。

讀完傳真後我看向老婆婆。老婆婆也看向我。

然後兩人一起看向坐在對面的店長。從他的表情看得出來山田先生不曉得是怎麼回事，但偏偏這次連我都恍然大悟了。

「這個是──」

老婆婆小心翼翼地開口說。

「這個，關於十四年前的事件，我想真相已經很清楚了。」

「蛤？」

山田先生發出愚蠢的聲音。這樣說他有點失禮，但第一次和老婆婆同時發現真相

（我自認為）的我，的確有這樣的感覺。
「難不成你真的認為惡作劇的人是藤野小姐嗎？」
「欸？因為從狀況來看，只能這麼認為吧？就算是她，也真如伯母所說的出自對朋友的義氣，至少我對她是尊敬的——」
「原來也有人不懂啊。」我對婆婆說：「因為是男人，這也是沒辦法的。」
「怎麼回事？為什麼這樣說？」
「請妳來解釋。」
老婆婆這次似乎想讓我來解決一下。
「我認為沒有比這個更簡單的了。」
我說出彷彿名偵探般的臺詞。感覺好開心。只不過，關於這件事的詭計也有些許難解釋的地方。
「這個嘛，首先是嫌犯，然後是動機，所以學校的老師們才會懷疑藤野小姐。克拉麗莎這個人偶只穿一件罩衫也還沒弄頭髮，也就是最容易動手腳的時機，只有一個人待在人偶身邊的時候——所以他們是從這個狀況來判斷犯案的人吧。好朋友被退學這件事，也被認為是動機。
然而，是否有其他的嫌疑犯擁有其他動機呢？譬如說目的本身並不是對克拉麗莎惡作劇，而是讓藤野小姐被視為犯人就能因此獲益的人——」

「那個人是誰呢？」山田先生不爭氣地反問後又接著說：「啊，該不會是那位安西同學吧？」

「沒錯。這上頭確實寫著兩位學生書記這一年來都是競爭對手的狀態，而其實藤野小姐在隔年便退出學生會長選舉。

因此，有充分的根據足以懷疑安西小姐是嫌疑犯，而且她也很有可能犯案。只要使用一點小詭計的話。」

「那個小詭計是什麼？」

難怪山田先生不懂。畢竟他也沒有姊妹。

「那就是，老師們之所以認定藤野小姐是犯人，是那種狀況很明顯不可能脫掉模特兒的內衣，只要不將穿下來的衣服脫下來就不能穿上胸罩——這樣的想法吧？」

「難道這想法不對嗎？」

「嗯。應該說除了一部分家教嚴謹的人，其實只要是女人都應該知道這方法。至少若要脫下來，只要上一層的衣服是短袖的話就沒問題。」

我很快地解釋，要將這手法告訴不懂這種事的人，尤其是男性，就覺得有些沒規矩。

我快速解釋，將肩帶脫下來，從袖口將肩帶拉開，手肘鑽過拉開的地方將手抽出來。之後手再從上衣的下襬伸進去將扣子解開的話，就會發生這種神奇的事。

仔細一想雖然是很理所當然的動作，但當初知道這方法時很感動。肩帶具伸縮性，以及人的手可以彎曲，多虧這兩樣才能辦得到的絕技。

「既然脫得下來，也就穿得上去。所以像克拉麗莎這種人偶，即使已穿上衣服仍然有可能這麼做。即使不是洋裝而是上下身分開的衣服，只要是短袖，而且人偶的關節能動，就辦得到。」

「原來是這樣啊？」

「容我稍作補充。」老婆婆說。「小姑娘剛剛說『除了家教嚴謹的人，女人都知道這方法』，其實應該再加上一定年齡以下的女性會更恰當。像丫頭這時代的女人都辦得到，因為平時都穿著這樣的內衣——就是這樣。

所以比我這個明治時代出生的人還要年輕，伯母口中的那些老師們就想不到這一點。我是和孫子旅行時看到這方法，而嚇了一跳。」

「原來如此，我明白了。那麼，關於這個克拉麗莎的人偶事件，那並不是事實，藤野小姐是冤枉的吧？」

「就是這麼回事。」

「正是如此。」

老婆婆與我同時說，並讓我把話接下去。

「因為沒有確切的證據就這麼說的話很失禮，但從狀況來看犯人是安西小姐應該是不會錯的。克拉麗莎人偶本身並沒有被憎恨或怨恨，而是完全不同的理由，如同校長先生所說的『被殺了』。

藤野小姐在校時就說不定已經察覺到真相了。可是她若為自己辯護的話，難免被人以為是要中傷安西小姐，而且若把詳情對那些老師說，可能會被說『不檢點』——因此她才會什麼都不說默默畢業了。

畢業後理所當然地與學校保持距離，沒想到會和伯母再度相遇，而以此為契機，讓伯母明白當時的真相。」

「從皮包沒禮貌地掉出來的手機吊飾或從袖口掉出來的背心肩帶是——」山田先生喃喃說。「從上臂滑落到手肘的手鐲也是——」

「全都是給伯母的暗號，為了揭開那次事件的真相。畢竟一聽到『黑色肩帶從無袖針織衫滑下來』，伯母想必就會想起那個事件，再和其他暗號合起來的話，就會發現真相吧。即使之前沒發現，現在都會恍然大悟。」

就我來說，那位伯母現在至少會不會隱隱約約察覺到了真相呢。自己也無法斷定，只是有那麼一點感覺——或許會這樣吧？」

「為什麼？」

「因為，關於這件事的文章之中，稱得上是主角之一的『安西小姐』的名字沒有被提到吧？」

「這件事重要嗎？」

「對了，山田先生。」老婆婆突然說：「你那位滋子伯母的兒媳婦，大名是什麼？」

「請等一下。因為是另一個堂兄，所以沒什麼來往——」他手放在額頭上想一會兒。「對了，我記得是『禮奈』。」

「這樣的話，學生會另一名書記的名字是不是就是『安西禮奈』呢？」

「難道堂兄的太太就是話題中出現的安西小姐嗎？」

「弄錯的話我道歉，但機率應該是一半一半。」

老婆婆語氣輕鬆地說。

「相親的時候，那位滋子伯母形容藤野小姐是『學年中第二名優秀的女同學』，『第一位是兒媳婦』吧？從這句話可猜出，說不定三年級時當上學生會會長的安西小姐就是現在的媳婦——我只是想有沒有可能是這樣呢。

而且若真是如此，藤野小姐這次沒有直接說明白，沒有直接說出當時的真相也情有可原。畢竟不可能直接點名現在的媳婦就是當時的真凶，只能讓伯母自己發現吧。」

「原來是這樣。或許是這樣，不，那是很有可能的事。真不愧是春婆婆。真的是非常謝謝您。」

店長深深低下頭，但他抬起頭後那表情卻有些不大愉快。

「怎麼了？」

「不，只是不只之前說的話，連剛剛所說的都很在意。

藤野小姐和我約會時順便向伯母傳遞『暗號』，春婆婆是這樣說的。然而事實上是向伯母傳遞暗號，順便和我約會，所以我其實並不重要——」

「這個嘛，應該不是這樣吧。」

老婆婆反駁說，店長和我都不由得等她說下去。「意思是——」她以平時清晰的語氣，我們期待老婆婆說出原因。

然而，等了一會兒，老婆婆說出口的竟然是：

「山田先生是挺有魅力的男人。」

這種沒頭沒尾的安慰，一時也得不到效果的話。

「小姑娘，對吧？」

而且，竟然還把問題丟向我。

「對啊，而且很帥。

我無可奈何也跟著附和。雖然是配合說的，店長也就是山田先生其實很帥氣。至少若他是摔角手的話，是「眉清目秀摔角手」的類型。若是演員的話，是被形容為「個性派」演員，會演出恐怖電影的類型。

「謝謝兩位溫暖的建議。」

對於不曉得懂不懂我說的是真心話，店長表情柔和地回應。

「可是，我現在懂了。這樣跟我商量，說這種事是為什麼——」
「什麼？」
「最重要的謎團是藤野小姐對我是怎麼想的，這件事是不能期待春婆婆替我解開的。
重要的是，我不該一直在想『她究竟對我有沒有意思』，而是應該『如何讓她比現在對我更有意思』。難得對方都說了『以結婚為前提的前提』，我得努力不讓那個『前提』減少。」
「對，就是那個志氣。真的是那樣沒錯。」
老婆婆的笑容比平時更開心。
「可以請教你一個問題嗎？」
我抬起頭看著店長那一反常態的爽朗表情。
「您想問什麼呢？今天也給寺坂小姐造成了很大的麻煩。」
「剛剛聽了春婆婆的話——像是藤野小姐這些行動的意義之類的，你對她的印象仍未改變嗎？山田先生對她本身的心意又是如何呢？」
高中生時代的事件經過了十幾年，現在卻做出這種事，持平來說是個很執著的女性。他會因為看清對方情意而冷卻下來——我以為他是這樣的男性，
「如此一來，我愈來愈尊敬她了。」

有點訝異，沒想到竟然是這樣的回答。

「我應該說過，最初看到照片的時候，覺得這個人是直性子而被她吸引。這次的事件讓我更清楚她的為人。這位女性跟我想得一樣，不，是比我想得更好。」

俗語說，蓼的葉子很辣仍有蟲子喜歡。人各有所好，當事人既然這麼說的話，旁人也無法插嘴。雖然明白這個道理……

「可是，有十四年了吧？都過了那麼久，現在才——」

「並非都過了十四年。」這時老婆婆依舊態度悠然地插話進來。「並不是過了十四年，正確來說是因為明年就十五年了才會這樣。所以說並不是『現在才——』，而是『現在更——』。」

「什麼意思？」

「語言這種東西是很可怕的。這位藤野小姐現在仍執著於過去的事件，會不會是因為當初的某一句話呢？」

校長先生或許用了很激動的語氣說『這樣等於是殺了克拉麗莎。這樣等於是殺人！』吧。這句話仍卡在她心中，於是她想對當時在場的滋子伯母，對同意校長先生這句話的伯母，證明自己並不是犯人，而且曉得真正的犯人另有其人。

要洗清罪名就趁現在。一到明年六月，事件就經過十五年了。

以前曾在報上看到過。若記錯了的話我先道歉，追溯殺人的時效是十五年吧？」

「啊，的確是這樣──」

剛剛才說店長那反應是愚蠢的聲音，但現在我的聲音才真的很蠢。

4

那天之後，剛好過了三星期的早上。

我來到常去的大眾餐廳，見到久違的店長。那段時期常常前往位於東京都內的出版社，所以沒機會來這裡。當然也還是來過這裡幾次，湊巧都沒見到店長。

這麼說來，我也好一陣子沒見到老婆婆了。

那天因為工作到了最後一個段落，所以坐在店裡埋頭在電腦前敲鍵盤。過了三個小時以上，果然連電池也撐不住，加上到了午餐時間，這間店的客人也開始變多，覺得差不多該離開而站起來。

因為在櫃檯替我結帳的是店長，所以我不禁詢問他後來的發展。

「那次之後，你和藤野小姐怎麼了？」

「嗯，託妳的福很順利。」

「結果她的『訊息』怎麼樣了呢？山田先生有傳達給伯母嗎？」

「那次之後我馬上告訴伯母，但只有最後的那件事。」

黑色坦克背心從肩膀掉出來的那件事。

「然後怎麼樣了呢？」

「聽說伯母送花束給藤野小姐。但花束上沒有任何字條，似乎只收到花而已。」

「這樣藤野小姐滿意了嗎？」

「我不知道，我沒和她聊過事件的事，但感覺她整個人變得很輕鬆的樣子呢。」

我收下零錢後。

「對了，那個又怎樣了？就是那兩個『前提』？」

我問道，店長晃動著垂在額頭前的瀏海笑著說：

「雖然沒減少，但託妳的福也沒增加。」

我說「謝謝招待」後，店長回送「期待您再度光臨」，我就要推開黃銅的把手離開。此時我突然想到什麼而回頭，

「最近有見到老婆婆嗎？」

我詢問正要離開櫃檯的店長。

和之前比起來，店長的印象有些不一樣。雖然只有一點點，但確實開朗多了且充滿自信。這麼說，難不成是——

能夠看得見身為幽靈的春婆婆，只有「不幸」或「內心孤寂」的人。這是幾個月前散發著不幸的店長告訴我的。

現在店長比當時看起來稍微幸福一點。說不定現在已經看不到春婆婆了——有可能是這種情況嗎？

「我依然看得到她，昨天她也在。還要我向寺坂小姐問好呢。」

我不禁鬆了口氣，朝店長微微一笑後，用力推開門。

剛好就在此時，有個男人進到店裡。

前一陣子的鬧鐘事件——隔壁桌聽來的奇聞，被老婆婆有條有理地解決時，聆聽當事者三田村社長說話，那位姓南野的人，但似乎不是MITAMURA工業的員工。之後決定由我幫忙執筆社長的自傳而多次造訪公司，卻一次都沒見過他也沒談論過他。

他到底是誰呢？直接去問社長也可以卻又不敢，只知道是姓南野的謎樣人物，也算是我的「蓼葉」。

雖然是一般通勤上班族的打扮，卻散發某種不尋常的氛圍。有點老成，又看起來還很年輕。這種不可思議的矛盾觸動了我的心。不只觸動，甚至是直擊內心的某個部分。

算了，反正公平地說外表也沒那麼差，把他形容成「蓼葉」或許很失禮。反而希望是我「蓼葉」而他是「蟲子」。或許應該要這麼形容才對吧。

他似乎不記得我了，他對我輕輕點頭，我也同樣點頭回應。

我們就這樣在大眾餐廳擦身而過，我走到風冷驟強的馬路上。

鞋帶與十五公……的問題

1

我坐在大眾餐廳的老位子，越過窗戶眺望店家前的行道樹。

正值十二月初，樹梢的葉子已紛紛掉落，但今天陽光和煦，依舊溫暖地照在窗邊座位上，外頭吹拂著徐徐和風。秀節彷彿逆轉一個月般的上午時分。

雖說上午，也接近十一點了，若是受歡迎的大眾餐廳，差不多坐滿了提前吃中餐的客人也不奇怪。然而眼前這家店，從早餐時段開始，打開筆電工作的就只有我這個唯一的客人——如同字面意義，實質存在的客戶。

我名叫寺坂真以，是二十八歲的自由撰稿人，將這家店當作是自己的書房經常來這裡寫稿。這家店是連鎖的大眾餐廳，位於東京近郊的一家分店，在數家分店中，這家有個特別的特徵。

目前這家店的前任地主是明治時代出生的老婆婆——將樸實的和服穿得很有氣質的幸田春婆婆，時不時會出現在客人的位置上。算是幽靈。因為她在二十年前就過世了，事情就是這樣。

根據這家店店長山田先生所說，因為「春婆婆很寂寞」才會出現在這裡。因為她很寂寞，而且對和自己有緣的地方以及出現在這裡的人也很關心，所以偶爾會出現在人間。

而迎接她的這一方，這個世上的人之中，有分為看得見春婆婆和看不見春婆婆兩種人。而這也是店長跟我說的，看得見的某種層面上是「內心孤寂」的人。而我也是其中之一。

站在客人的立場，看不看得到偶爾出現的小個子老婆婆其實不重要，但店員可就不能無視這件事了。為了老婆婆而始終將店裡頭的角落座位空下來，是店裡不成文的規定，所以還是得知道她的存在才行。況且。「雖然知道她的存在，自己卻看不見」的狀態也很不舒服，長久下來留下來的店員必然是「看得見」的人，根據店長的定義就是全部都是內心寂寞的人。

這些人本來就懷抱著共同的祕密工作，因而散發一股獨特陰沉的微妙氛圍。相較一般大眾餐廳或速食店氣氛都開朗得過度的這個優點，看到這家店就會覺得差異也太大了。

這家店除了中餐、晚餐等尖峰時段外都很空，或許也是因為這樣的氛圍吧。不過原因也不只這個，還有地點，這裡位於距離熱鬧繁華的郊外車站超過十分鐘以上的舊街邊，肯定也跟這樣的土地條件有關。

眼前店裡的三名員工——身材魁梧，體格跟運動選手沒兩樣，但莫名地確定不擅長運動的店長；以及與橘色洋裝和白色圍裙的制服很不搭的女服務生們，一位是體格嬌小又很瘦的三十歲左右服務生，以及身高寬度都很巨大的二十五、六歲服務生這對凹凸二人組。

今天沒見到老婆婆身影，我望著這些員工一邊遙想著店裡的「祕密」，只不過在逃避現實罷了。因為幾天後就要截稿的稿子始終沒有進展。我把注意力拉回筆電的螢幕上，但仍舊無法集中精神。

來到這家店不禁會想起的還有另一件事情。應該說那就是明明車站前的咖啡店也能夠工作，離住的公寓也比較近，最近卻常常來這裡的理由——當然，幸田婆婆為何會主動找我說話，一次次精彩解開苦惱謎團的老婆婆幽靈其存在也是很令人在意，但原因不僅如此。

——之前曾在這裡見過面，交談過幾句，姓南野的男性，我很在意他。

年齡比我長幾歲吧。曾經唯一一次同桌時，和之後在店門擦身而過時，都是穿西裝的打扮。從幾次的談話中流露他是單身，除此之外一概不知的謎樣人物。

從他偶爾會到這家店來看，似乎是在附近上班的人。但離車站有點距離的公司行號，幾乎沒有穿西裝的男性職場，因此能想得到的只有一個地方——

我想到一半就停止思考了。透過窗戶看到本人正從有行道樹的路上往這裡過來。黝黑臉龐的嘴角彷彿疲累地皺起挖苦的紋路，但雙眼仍散發少年般的光芒。長相和身材都不賴——話雖如此，受不受女性歡迎就有待商榷。雖然感覺不是個難搞的人，但總覺得有股難以接近的氛圍。

然而我可能好奇心很重，似乎會被這樣的男性所吸引，最近一有機會就想著他的事。很想知道他是怎樣的人，若有機會很想再跟他說說話，滿腦子想著這類的事。

像這樣背對大門坐在窗邊位子，就能與車站方向走來的人正面相對。前提是對方要看向比外頭稍暗的店裡。

南野筆直地朝這裡接近。另一名五十歲左右也是穿西裝的男子走在他前面，兩人似乎並不認識，彼此離了有一、兩公尺的距離。

我心跳加速地一邊盯著電腦螢幕，隨意敲打鍵盤，假裝認真工作中。

那兩人終於通過我身邊，但不覺得他們會打開餐廳的門。雖然我是這麼認為的，但出乎意料地，不一會傳來開門聲，接著響起「歡迎光臨」的聲音。我低調地轉頭過去，年紀大的男性以及南野依序進到店裡。

我有點開心地把頭重新轉向前方，這時年紀大的男性走過我旁邊，正要進到店裡時。他的腳步似乎有點搖搖晃晃，才剛這麼想，立即發生突發狀況。參雜些許白髮的男子突然往前摔倒——看來他是被什麼東西絆倒，整個人撲倒跌了很大一跤。

摔倒時頭部似乎撞到桌角，發出巨大的響聲。男子就這樣趴伏在地毯上，一動也不動，沒有要起來的樣子。

「您、您沒事吧？」

店長出聲探問。然而，真正蹲在男人身邊關心的是我。因為就摔倒在我旁邊，才剛好變成這樣。走在男子身後的南野先生不僅蹲下來，兩手還伸進男人身體下方，將原本朝下的身體轉向翻躺的姿勢，並將頭部的位置稍微移一下。這個緊急處理我在學校的保健體育課上學習過，是為了保持呼吸道暢通。

男子呻吟後睜開眼，對上我的眼睛一邊說：

「騙人的吧？再怎麼樣都不可能有十五公……——」

微弱卻清楚的聲音這麼說之後又再度閉上眼睛。似乎真的昏了過去。

2

「鞋帶鬆了，自己踩到才絆倒的。」

南野站起來說，這句話並非對周圍的哪個人說的。仔細一看，倒下來的男人左邊的鞋帶完全鬆開，垂落在地毯上。

「雖然沒有傷得很嚴重，但還是叫一下救護車比較好。我雖然也不是什麼醫生，但看這狀況應該沒大礙。」

既然本人都這麼說了，就應該不是什麼醫生吧。但他的態度不同於一般人，不慌不忙且動作迅速俐落。

店長撥一一九叫救護車，南野在旁邊給他什麼建議，而被留下來的我們——我和兩名服務生站在男子身邊觀察他。但我們也只是單單看著，什麼也不能做。

就在這時候，忽然感到一個似人非人的氣息，我看向旁邊。身為幽靈的幸田春老婆婆站在我隔壁，微歪著頭觀察男人的狀況。

「前一陣子真是打擾妳了。」

察覺到我的視線，老婆婆一貫客氣的語氣說。

「那個，我想到了一件事——」

「什麼？」

「有可能是我猜錯了，但若救護人員到了的話，請妳務必傳達一件事。」

「什麼事呢？」

「這位先生。」她手指著昏倒的男人說。「會不會是心臟不好呢？雖然剛剛他摔倒的原因跟心臟無關，但我想還是提醒救護人員一下比較好。謹慎為佳。或許是我弄錯了，但還是提醒一下。」

「可是，為什麼妳知道這種事？」

「因為那位先生大概沒有拿著那個東西吧。就是那個，小姑娘妳跟我說話時會使用的——」

老婆婆話停了下來，並迅速離開，因為南野先生回來了。先不管其他店員，由於他應該是看不見老婆婆的，被看到我倆在說話會很不妙。

老婆婆就這麼回到平時的角落位置坐下來，以眼神示意要我『一定要說哦』，我輕輕點頭回應，重新看向昏倒中的男人。

我重新觀察，感覺是個很難找出特徵的男人。中等體型中等身高，老婆婆雖然那樣說，乍看之下還挺健康的。當然也有可能他看起來雖然健康，心臟功能卻很不好。

長相並不獨特搶眼，但也不是那麼沒氣魄。只要坐電車時就會看到幾個這種長相，一下車就忘掉的那種中年男性的其中之一。灰色的西裝外套配上白襯衫，領帶是深藍色的條紋。沒帶包包或小包包之類的，但這對穿西裝的男人很言並不奇怪。如果是要辦事的話，將需要的東西收進口袋裡，也可以空著手走路。

茶色的鞋子，左邊的鞋帶和南野先生說的一樣鬆開了。不僅前端打結的部分是直的，連穿過鞋洞的部分都鬆了。不看這點的話，這男人無論是服裝或本人的長相都沒有特別的地方。真的稱得上是「平凡」、「隨處可見」的類型。

想著這些事時，救護車到了，救護人員在男人身邊蹲下來。我依照跟老婆婆的約定，走向正在聽取店長說明狀況，看起來像「救護隊長」的人。

「打擾一下。」

「怎麼了？」

「抱歉，只是我剛好想到，也可能只是我誤會而已——」

「什麼事呢？」

「那個人，會不會是心臟有問題呢？」

我話剛說完，幾乎同一時間，另一位救護人員從男子外套的內側口袋拿出了藥。

「啊，原來如此。看來是這樣。」

「隊長」確認裡頭的藥物與資料內容一邊說。

「他有在使用心律調節器嗎？」

這次換南野從旁問道。

「似乎是這樣。但剛剛並不是心臟病發，而是撞到了頭而已。我想應該不嚴重。」

男子被抬上擔架，店長和個頭較大的女服務生從兩旁目送男子被抬進店門口的救護車裡。

救護車鳴著警笛揚長而去，店長一回來，這家店彷彿又重回平時的氛圍——沒有客人，陰暗慵懶的時光。

我聽到救護人員的話也安心回到座位上，原本想要趕一下稿子的進度，然而，

「打擾了——」

南野先生直直盯著我的臉一邊說，一邊在我的桌子對面的沙發上坐下來。

3

「啊，我可以坐在這裡嗎？」

嘴上雖這麼說，人已經坐下來了。不僅如此，面對我那散亂著工作設備的桌子，他比我還要冷靜。

「造成妳的困擾，不好意思。」

「不……不會。」

我有點結巴。老實說，我甚至在想要用什麼理由再試著跟他說話，所以可說是千載難逢的好機會——

個頭嬌小的女服務生來到他身旁倒完咖啡。

「妳是寺坂小姐吧。工作是撰稿者。」

「對。」

「我姓南野。妳之前和 MITAMURA 工業的三田村社長談論鬧鐘的話題時，我也在場。」

「是，我記得你。」

之後兩人沉默了一陣子。服務生也替我的咖啡再倒一杯，

「話說回來，為什麼妳會知道那件事呢？」

他態度輕鬆地問，應該說，感覺像故意看起來輕鬆。

「那件事？」

「就是寺坂小姐對救護人員說的事，妳說剛剛那男人的心臟可能有問題。」

「啊，那是因為——」

語尾聲調有些猶疑。因為連我也沒辦法回答。或許看在對方眼裡我是在支吾其詞吧。

「難不成是因為他沒帶手機嗎？」

手機。沒錯。我立刻想到。

老婆婆說了，那男人「大概沒帶那個」，她所指的那個「小姑娘妳跟我說話時會使用的——」就是行動電話。和並非任何人都看得到的老婆婆坐在角落座位上說話時，為了不讓人覺得我是一個人叨絮不休的怪女人，我會拿起手機貼耳朵，假裝在講電話。

昏倒的男人似乎是沒帶手機的。老婆婆一直在這家店裡觀察來來往往的客人，她想必見識到近年來無論老少，任何類型的人都使用行動電話。

另一方面，不時聽到「心臟裝心律調節器的人不能使用手機」的事情，所以才會

聯想到「沒帶手機的那個人或許是心臟有問題」吧。也有很大的可能並非如此，但為慎重起見跟救護人員說一下比較好。

「對，就是那樣。」我答道。「雖然人會因為各種理由不帶手機，或許有可能是那樣——」

「其實，聽說因為手機的電波而啟動錯誤的只有很舊型的心律調節器而已。即使如此，生性謹慎的人仍不會帶手機，結果被妳說中了真了不起。」

南野先生（因為是面對面談話，所以稱呼先生）說完後，問道：「可是我想問的是，為什麼妳會知道他沒帶手機呢？」

我頓時無言以對。幸田春婆婆為何知道這種事呢？

然而，思考這個問題時，我心中又萌生另一個疑問。先不提老婆婆，眼前這男人為何也知道呢？剛剛莫名肯定的口氣，看來他似乎很確定這件事。

「南野先生才是，為何知道這件事呢？」

「我是在幫那人翻身時，順勢摸了下他的口袋。錢包或卡夾套之類的東西有沒有好好收在該在的地方，確認之後發現並沒有手機。」

真訝異。沒想到照顧人時，竟然順便做了這種檢查——

「很多事吧，但這是我的職業病請見諒。其實我在附近的警察署工作。也就是所謂的刑警。」

「欸？」

我大吃一驚——但在另一方面，心中各種的大石頭也頓時放下來了。

他雖說自己不是什麼醫生，卻能冷靜面對在眼前昏迷的男人。還有就是他的工作。剛剛騷動發生之前，我想著他的事。還說了附近幾乎沒有男性穿西裝上班的公司，有的話也只有一個。那個地方是警察署，是更換駕照時會去的地方。

「所以老實說，在工作方面也是，我很在意像寺坂小姐這樣的人。」

不是謎之人物而是刑警的南野先生如是說。

「當然，在現實生活中，很少遇到像推理小說般複雜且手法精湛的事件。大部分的事件都極度平凡。話雖如此，正因為平凡，真相就被隱藏得很好，或剛好被隱藏起來。所以搜查的這一方，被要求往邏輯或推理之類的方向來思考的狀況就是目前的辦案方式。」

「啊——」

「所以我對寺坂小姐這樣的人，輕輕鬆鬆就能解決事件的人非常感興趣，不論是之前的鬧鐘事件也好，或今天的手機事件也好。」

我內心冷汗直流不敢出聲。無論是鬧鐘事件之謎或今天的手機事件，都完全不是我的功勞。

「冒昧請教一下，妳外表看起來很年輕，是二十五歲左右嗎？」

「不，超過二十五了。」

「但也還沒到三十吧？應該比我年輕才對。」

從這說法來看，我猜他本身的年齡應該是三十或三十一左右。對我來說是種收穫，但現在不是想這個的時候。

「既不算人生豐富，又不是做我們這一行的。這樣的寺坂小姐為什麼——」

「打斷你的話，不好意思。」

我想必須在這裡解釋一下才行。

「今天的事，還有上次三田村社長的鬧鐘事件，其實並非我自己想出答案的。」

「什麼？」

「就是這麼回事，所以請別太看得起我。我只是借用了其他人的智慧。」

「其他人？怎樣的人呢？」

「人生經驗豐富的人。」

我答道。那個豐富的經驗不能以「人生」一言蔽之，畢竟也包含過世後成為幽靈後的經驗。

「是長輩嗎？男性或女性？」

「是女性。」

「那麼，是老婆婆囉？」

「對。」
「簡直就像阿嘉莎・克莉絲蒂的小說一樣呢。」
「對啊。」
我刻意輕鬆地配合說。
「不不，妳騙不倒我的。」
南野先生大力搖頭說。看來他不會真的相信我。
「妳是何時，又是如何向那樣的老婆婆借用智慧呢？」
「那個——」
「這裡應該沒有那樣的人吧。至少今天沒有，上一次的狀況沒有特別留意，但我記得——」
「是電話。」我拚命才想到這方法。「我用手機講了整件事的狀況，並且和她商量。」
「那時可能是這樣，但我記得今天寺坂小姐並沒有用手機。」
南野先生只退了一步，仍然很堅持。
我求救似地將視線飄往角落的位子上。然而，固定座上卻不見老婆婆的身影。看來她是對面臨窘境的我棄之不顧了。她是想說，這種窘境就自己處理，是嗎？
「你說得沒錯，今天我並沒有請教老婆婆。」
我下決定了，只說一半的謊話。

「只是希望你能相信，之前真的是借助了老婆婆的智慧。老婆婆本人是要我說是自己解開謎題的，好從三田村社長那裡拿到工作。」

「我知道了，那麼今天呢？」

「今天是靠直覺。」

「直覺？就只是這樣？」

「對，就只是這樣。」

我扔出這句話後立刻換話題。

「那個，就先不提這個了。剛剛那個人摔倒的原因，真的是因為踩到鬆脫的鞋帶嗎？」

「我想是的。從摔倒的方式以及沒有絆倒其他什麼東西來看。

那鞋帶應該沒那麼容易鬆脫才對啊。因為在那之前，進到店裡時也是，他在入口前面蹲下來重新打結過了。」

說得也是，我也想起來了。當時男人在前、南野先生在後地走在外面的馬路上，經過坐在窗邊位子的我，大門打開的時間比我預期得久。

從剛剛的話聽來，在這五秒或十秒之間，男人是蹲下來打鞋帶，而南野先生並沒有超前越過他，而是有禮貌地在他身後等待著。後來進到店裡，男人的鞋帶又鬆了，才會踩到而摔倒。

「那麼，在那裡摔倒真的是巧合吧。」我說。「鞋帶有時候就是這麼容易鬆脫。」
「嗯，是吧。」
「可是，這樣的話——」
「有什麼問題嗎？」
「那個人看起來一臉難以釋懷的樣子。似乎有什麼不能接受。
他摔倒後眼睛還睜開了一下，朝我說了什麼。妳有聽到那句話嗎？」
「嗯。」
「我記得是說『騙人的吧？再怎麼樣都不可能有十五公……——』」
「那就沒錯了。」他一臉嚴肅地點頭。
「南野先生也聽到了吧。這究竟是什麼意思呢？」

4

「你不知道嗎？」
「完全不知道。」
「寺坂小姐也是嗎？」
「就說了，我並不是什麼名偵探。」我重申說。「完全找不到那個證據。」

「向妳自豪的朋友請教一下呢？」
「就算現在打電話，我想她也不在。」
我再度朝裡頭的座位看了一眼說。老婆婆依舊不在那裡。
「既然如此，寺坂小姐和我一起想想看那句話究竟是什麼意思吧。」
南野先生慢條斯理地翹起腳，我問道：
「時間沒關係嗎？你的工作——」
「我的工作不分晝夜大多時候都很忙，相對的，空閒的時候比普通的上班族有更多的自由，現在就是這個時候。」
聽到他這麼說，有點高興又不高興，五味雜陳。
希望有和南野先生同桌面對面說話的機會——內心偷偷這麼想過。然而，談話的內容卻不是單身女生想與在意的單身男性聊的內容。
剛剛南野先生所說的「邏輯或推理」的問題，單就這部分的話我是不討厭，傷腦筋的是，南野先生似乎仍在懷疑我其實是名偵探。即便我斷然否認，且拚命找藉口向他解釋也一樣。
話雖如此，那也沒辦法。我的腦中一度閃過剛剛的那句話，
「不知道該從哪裡下手才好。」想到的話就這麼脫口而出。「『十五公……』意義滿多的。」

「就是說啊。」南野先生點點頭。「其實光這個『公……』的單位就很多了。」

「一般的對話中會出現的就是『距離』或『重量』——」

「還有『速度』。這在一般的談話中經常出現。

最有可能就是這三個吧。距離、重量與速度。公里、公斤、每小時公里數。其他還有kWh（千瓦）、kilolitre（公秉）之類，雖然還有很多。」

可是後來的那些都不是日常生活上會使用的單位。所以對於南野先生所說的那三個，距離、重量與速度，我也沒有異議。

「如果是距離的話，十五公里相當遠呢。」

「嗯，某種程度上來說是的。」

「假設那個人走了這麼長的路呢？」我提出想法。「這樣就非常辛苦，聽說只有十五公里，騙人的吧？其實路程更長吧？像這樣子——」

「不，如果走路的話要花好幾個小時吧。」南野先生否定這想法。「我想也不是健康的人能夠走的距離。他為什麼要這麼做呢？」

「如果鞋帶鬆脫的話——」

「欸？」

「那人的鞋帶在進到店裡之前明明重打過卻又鬆脫了。如此容易鬆脫，我想是因為走太多路吧。」

南野先生瞇起眼睛。彷彿想看透我的表情。

「就算這麼說——」

「什麼？」

「剛剛寺坂小姐為了強調自己不是名偵探，是不是故意說了愚蠢的藉口？」

我受傷了。我只是很正常地講出想的話而已，這樣講太過分了。

「我只是覺得應該不是走十五公里，但他的確是從車站方向走過來的。

我從馬路對面走斑馬線來到這一邊時，他已經走在這條路上，而我走在他身後。如果是開車來就會停在那個停車場，直接走進店裡才對。沒必要特地走到馬路上。」

我想的確是這樣沒錯。

「那麼，如果是指重量呢？」我說。「若是十五公斤的話，超市裡賣的米袋一般是五公斤，所以是三倍的重量。」

「大概是三歲小孩的體重吧，我同事的孩子剛好是這個年紀。若是行李的話就是挺重的重量。可是他並沒有拿行李。」

我也記得很清楚，男人雙手空空。

「還有速度吧。」南野先生說。「若是時速十五公里的話，就是自行車稍微騎快一點的速度。但是——」

「那個人並沒有騎腳踏車。」我接下去說。

「沒錯。真的很難猜耶。就算將『十五公……』套在常用的單位上，這數字也和當時的狀況毫無關係。

會不會其實沒有意義呢？既然我和寺坂小姐都清楚聽見了，就不可能聽錯吧，而且那是撞到頭之後說的，或許是意識不清下說的話。」

或許那才是對的，我想。

若是這樣，那趕緊結束這個話題，聊聊其他的。跟這件事完全無關的話題，不痛不癢開心的話題。可是卻辦不到。無論是南野先生或是我，都無法開啟那樣的話題，空氣間飄盪一陣沉默。

南野先生欲言又止地開口，我覺得似乎能預料他想說什麼。

肯定是說該回去工作了。才剛這麼想，就感受到一股熟悉感。

店裡頭角落座位上，小個頭的和服老婆婆雙手整齊地放在大腿上，對著這邊微笑。

「請問，再占用你一些時間，沒關係吧？」

發現她之後，我對南野先生說。

「欸？嗯，沒問題的——」

「剛剛提過的老婆婆，現在的話應該聯絡得到。方便的話我先打電話看看。」

「剛才不是說聯絡不到嗎？」

「嗯，可是已經十一點半了。」

我丟出莫名其妙的藉口，
「我到對面的座位打電話。」
我甚至不給他反應的機會就站起來，也沒忘記拿手機這個小道具，就往老婆婆的老位子走去。

5

「您這樣不是很過分嗎？」
我在老婆婆的對面坐下來，手機貼在耳朵上，氣憤地說。當然，我受到老婆婆很多照顧，當然不會對她講太過分的話。
「竟然沒告訴我剛剛摔倒的男人為什麼說那種話就消失——」
「我很抱歉。難得小姑娘和那位在說話，我想說不去打擾，所以故意在外頭待了一會兒。」
看來她早就知道我對南野先生的在意。八十年的人生經驗以及歷經二十年觀察人類的幽靈經驗，再加上敏銳的洞察力，老婆婆一眼就能看穿。
「請別逗我。」
「我沒逗妳哦。」

「先不提這個，請告訴我，您說那男人心臟不好——是因為沒帶行動電話嗎？」
「是的。我也知道這件事不用特地向救護人員提，是我多嘴了。」
「那先放一邊，為什麼您會知道這種事呢？」我不耐煩地問道，
「因為，」老婆婆用一如往常的語氣回道。「若有那個方便的機器，應該就會省掉那麼麻煩的方式了。」
「麻煩的方式？」
「是約見面的信號。」
約見面？意思是剛剛那男人和誰約好在這裡碰面嗎？
「這家店離車站有點兒遠吧？原本是我家的土地，所以也明白。這一帶也變了很多，雖然沒到處逛逛所以不清楚，但說不定沒有變，這裡幾乎沒有公司或事務所之類男性穿著西裝的工作場所。
這家店裡頭本來就很少見到穿西裝的客人，偶爾有也幾乎不是走在馬路上而是坐在車子裡頭，那就是證明。
穿西裝走路過來的人少之又少，來店裡的其實只有和小姑娘說話的那位而已。」
「那位南野先生，聽說是前面警察署的刑警。」
「嗯，似乎是這樣沒錯。」
老婆婆似乎不怎麼訝異。

「警察署的話我知道。若地點還跟以前一樣，走路到這裡也沒什麼奇怪的。剛剛摔倒的那位應該是在其他地方上班吧？」

「嗯，大概吧。從南野先生不認識那個人來看，應該是這樣。」

「果然是在其他地方，大概上班的地方是離這裡很遠的車站方向吧，在工作的休息時間特地來這家店也是很有可能的。

有點難以想像在外面上班的人會來到這附近。要是特地過來，應該就不會空手而已。將這件事和那位的鞋子連在一起的話，一個人來喝茶——倒不如說和誰約在這裡較為可能吧。」

「鞋子的事情？」

「妳看到那鞋帶了吧？」

「嗯，當然。」

「那是本人故意鬆開吧？並不是走路時就自然而然鬆掉的。」

「什麼？」

「並不是打的繩結鬆掉了，而是從穿鞋繩的洞抽鬆，看起來鬆鬆的。」

男人左腳的鞋子的確是像這樣。

「如果是自然鬆脫的話，不會連鞋洞裡的鞋繩都是鬆的。更何況，如果踩到鬆脫的鞋帶應該會拉扯到而變得更緊才對。」

「這麼說來——可是，這樣的話——」

「穿鞋子的男人自己將繩結解開。不僅如此，還是連鞋洞的鞋繩都是鬆的，所以鞋繩才會全鬆了。」

我想起南野先生的話。進店裡之前，男人在門口蹲下來。

「他為什麼要這麼做呢？」

「當作是信號就說得通了。和陌生的對象約見面，為了讓對方認出自己，而以『將單腳的鞋帶鬆開』為信號，可能是這樣吧？」

「可是作為信號的話，明明還有很多方式——」

「重點就在這裡。如果是女性，即便突然被初次見面的男性邀約，只要告訴對方服裝顏色、形狀或自己的髮型等，就可以放心了吧。

然而這位是男性，而且還是穿西裝的人，服裝顏色或打扮都是固定的。即使描述自己身穿灰色西裝，深藍色條紋的領帶，約定的地方想必也有同樣打扮的人吧。對方有可能會認錯人——會不會是有這層顧慮呢？

若本人有什麼明顯特徵就可以直接作為相認的信號。但摔倒的那位並沒有像是身高特別高或矮，或長了很多鬍子之類太大的特徵。」

「所以才用鬆開鞋帶的方式應急嗎？」

的確很難解釋那個鞋帶的狀況是自然鬆脫的，人為的反而比較有可能。而且既然做了這種事，或許的確就是老婆婆口中的「信號」。
「我也因為工作關係，常常會和只講過電話的人約在咖啡廳碰面。」我說。「對方若是有公司的人，他們會用的方法是拿著印有公司名字的信封——」
「剛剛那位男性若非公司沒有信封，就是即使有也不想公開拿著走吧。
像這樣選擇距離車站稍遠的店碰面，猜得出來或許是想避開耳目偷偷見面。因為有這層顧慮，所以不拿其他東西而是將身上穿戴的東西稍微改變一下的方法吧。
話雖如此，只要有那個小電話，現今這個時代約見面其實不用如此辛苦。」
確實，如果兩個人都拿著手機，就可互相通知「我現在到大眾餐廳了」、「我坐在幾號桌」等。
「春婆婆之所以做出那個男人沒帶手機的推測——是因為這理由啊？」
竟然在那麼短的時間就能想到這些，幽靈的思考迴路可能跟我們不一樣吧。
「沒錯。當然，我想到的是只有對方沒帶手機，若猜中的話，只是巧合而已。」
老婆婆謙虛地說。
「那麼男人是和誰約好才來這家店的。」我重複說。「以鞋帶為信號，在進店之前刻意地鬆開鞋帶就算了，卻在還沒見到對方時就踩到而摔倒撞昏頭。事情就是這樣吧。」
有點好笑的話題。相約碰面的對象怎麼了呢？難道是那男人被送到救護車上時也一起到了，只是最後無奈打了退堂鼓。

「若是這樣的話，當時那句話是什麼意思呢？」

「對了，那位向小姑娘說了什麼是吧？為求謹慎我想再聽一遍。還有妳從那位刑警聽到的內容，我也想知道。」

我重新回顧問題內容，從南野先生那裡聽來的男人的行動和那句話，我們兩人聊過的部分，一字不漏地告訴老婆婆。

期間我回頭看，南野先生將手帳攤在桌上寫著什麼東西。似乎是在有效利用時間，但讓他等太久也不好意思。

「妳回那個位子吧。」

老婆婆似乎會讀心術一樣，直接這麼對我說。

「欸，可是——」

「我也一起過去。坐在小姑娘旁邊，有需要的時候就會幫妳。接下來的話就去那邊說吧。」

6

「原來那男人是跟人約好，才特地來到離車站來較遠的這家店。

然後為了讓只靠電話聯絡，未曾謀面的對方認出自己才故意鬆脫鞋帶。就是這麼一回事嗎？」

對於我說「用手機和商量的對象請教」，竟然能推理到這地步，南野先生相當佩服。

「在我的面前蹲下來那時候並不是在重綁鞋帶，而是將繩結打開，而且故意全身搖晃引起注意。

這理由雖然奇怪卻很有說服力。雖然少了我們工作上所需要的『證據』，卻讓人覺得真相或許的確就是那樣。寺坂小姐的請教對象真是了不起。」

「過獎了。」

我身旁的老婆婆低頭道謝。話雖如此，南野先生看不到她的動作，也聽不見她的聲音。

「假設真有這樣的請教對象吧。」

南野先生意有所指地說。他似乎還在懷疑。剛剛和我面對面，我一個人的時候只能講到什麼程度他應該很清楚才對。

「當然有請教的對象啊。」

我保證。現在對方就正坐在我旁邊。

「那個人告訴妳多少？譬如說，和人約在這裡也有很多種原因，但在這種狀況下

——」

「對方是年輕小姑娘，但也不是二十歲，而是較為成熟的年紀。」

老婆婆回答南野先生的問題，我轉述給他聽。當然語氣不像老婆婆那樣謙遜有禮，而是轉換成現代人說話的語氣。彷彿即時口譯一樣。

從南野先生的角度來看，他對著我說話，而我看起來像是在回應他，但回答都會慢一拍。話雖如此，一想到是將「請教對象」告訴我的內容邊回想邊說出來，或許並沒那麼不自然吧。

「超過二十五歲吧。」

「為什麼連這種事都知道呢？」

「妳回答他，是鞋帶的問題。」老婆婆說。

「是鞋帶的問題啊。」我說。連自己都不曉得接下來要講什麼，感覺很驚險。

為什麼曉得等待的對象是超過二十五歲的女性，而且是從鞋帶看出來的。

「正確來說，那位並不是在店裡，而是在踏入店裡之前就蹲下來了，因為他正在解開鞋帶。」

我翻譯時，南野先生說。

「是嗎？我就覺得這裡很怪。」

我大大點頭，彷彿兩人的對話越過我的頭成立。

「如果是為了讓之後來店裡的等待對象認出他，根本沒必要在入口前面解開鞋帶。進到店裡坐下來，再慢慢進行不就好了。這樣的話，他就不會踩到鞋帶而摔倒撞到頭了——」

「那位先生是從這條馬路對面——距離車站很近的方向走路過來的。南野先生是一起過來的吧。」

「妳說得沒錯。」

「這樣的話，兩位應該都看到坐在這個位子上的我吧。」

「是的。」

「不只是一直往這邊走，應該知道店裡沒有其他客人在。」

「的確沒錯。」南野先生回答後。「啊，原來是這麼回事！」

他似乎理解了什麼，但我卻一頭霧水。

「他進到店裡前先解開鞋帶是為了讓寺坂小姐看到，就是這樣吧。他從外面看到寺坂小姐，誤以為她是跟自己約見面的對象。

所以，他覺得得先把『信號』準備好才行，進到店裡經過寺坂小姐旁邊前得先鬆開鞋帶才行，我這麼認為。」

原來是這麼回事啊，我雖慢了半拍卻也接受了這個說法。

「既然是把寺坂小姐認錯，所以才推敲對方是年齡相仿的女性。」

南野先生頻頻點頭。

「五十幾歲的男性和二十幾歲的女性，避人耳目偷偷碰面——」

這次連我都曉得來龍去脈了。類似援交一樣，互不相識的男女約會，就是這麼回事吧。

「跟你所想的有點不一樣。」

但老婆婆卻這麼說，我趕緊傳達給南野先生。

「因為若是這樣的話，那句話就說不通了。」

沒錯，就是那句「騙人的吧？再怎麼樣都不可能有十五公……」的話。這句話裡究竟有什麼意思呢？

「對，就是那句話。」南野先生說。「根據名偵探老婆婆的看法，『十五公……』究竟代表什麼數字呢？」

「跟剛剛兩人談的一樣，一般使用『公……』大部分是距離、重量或速度吧。

這次的狀況是男人對小姑娘——他第一次和對方見面，但用電話約好時間時，多多少少想像了對方的樣子，所以是對那個人所說的話吧。而且是不太認同的語氣。

男人對女人說『騙人的吧？再怎麼樣都不可能有十五公……』的時候，果然是指體重吧。意思是看起來沒那麼重。」

「可是。」我拚命抑制想要反駁的心情，努力貫徹「同步口譯」的任務，將老婆婆話中的主旨傳達給南野先生。

「可是，這樣很奇怪吧。」

聽完後，南野先生替把我腦中所想的說出來。

「可是，體重十五公斤的話，不就是三歲左右的小孩子嗎？難以想像是大人的女性。」

「的確很奇怪。」老婆婆泰然地說。「以一位女性來說，這樣很奇怪，是難以想像的數字。那麼，如果是兩名女性間的體重差異呢？

雖說是大人的女性，也有小個子和大個子之分。有一個人跟另一個人的體重即使差了有十五公斤，也不奇怪。」

努力完成「口譯」任務的我，和聽到這結論的南野先生，都不禁目瞪口呆。

「都怪我剛剛的表達有一點不完整。這次的事件並不是摔倒的男性和等待的女性，一對一的事情而已，其實是二對一，也就是有兩名女性與一名男性登場。

接下來講的事可能比之前加入了更多的想像，請兩位以這樣的前提聽下去。跟剛剛我說的一樣，其實是有兩名女性登場的。就假設她們是櫻子小姐和梅子小姐吧。

約好見面的對象——櫻子小姐，年齡和這位小姑娘差不多，而梅子小姐的年齡就不得而知了。櫻子小姐在今天之前從未和這男人見過面，另一方面，梅子小姐和男人交往，期間提到過櫻子小姐並聊到『體重比我重十五公斤哦』並不是『比我輕十五公斤哦。』。如果自己的體重比較重，梅子小姐應該不會刻意連數字都說出來。

這全是我個人的推測，梅子小姐和男性是男女朋友，而且櫻子小姐和這位梅子小姐關係很親近，是無話不談的關係——可能是好朋友或家人吧。

這位櫻子小姐若要等梅子小姐交往對象的中年男性，是為了談梅子小姐的事，從他的態度來看，這男人還挺順從的。」

「於是在今天約見面嗎？」

「男性聽話地來到這家店，走在馬路上時透過窗戶看到獨自坐在位子上的小姑娘，便誤以為是櫻子小姐。大概櫻子小姐也說了『我先過去店裡等』。

而那位男人也將小姑娘誤以為是櫻子小姐——也就是比梅子小姐胖十五公斤的人。小姑娘絕對不胖，以我來看甚至是太瘦，所以無論梅子小姐有多瘦，都不可能比她重十五公斤。

男性也留意這一部分，既然沒有其他客人在，就會誤以為她是先過來的櫻子小姐。梅子小姐提到了體重這件事。所以才會說出那句『騙人的吧？再怎麼樣都不可能有十五公……』。」

我結結巴巴地順利完成「即時口譯」。因為跟自己的自尊有關，無法簡單翻譯出來。

即使如此老婆婆的推理依舊精彩。「公……」這個數字對女性來說，離身體最近的只剩體重了。而且，的確如老婆婆所說，十五公斤不可能是成人女性的體重，但若是兩名女性之間的體重差異就是充分有可能的數字。

不一定是正確答案，但卻是很有說服力的意見。而且觀察南野先生的表情，他似乎也跟我意見相同。

「只不過，我有一個問題。」

「什麼問題？」

「約碰面的女性，也就是櫻子小姐，她最後怎麼了呢？根據剛剛的話，她似乎跟男人說『先來店裡等』。所以這男人才會誤以為寺坂小姐是她。

然而，那樣的女性卻沒出現。對吧？店裡一開始就只有寺坂小姐一個人，之後也一樣，除了摔倒的男人和我以外沒任何人進來。

之後才來，看到男人被送上救護車而折返——這樣也有道理，但事實上站在擔架兩旁的只有救護人員加上店長、以及那位大塊頭的女服務生。只要對方沒有立刻靠過來看，應該不會知道被送上救護車的人是誰。更何況櫻子小姐這位女性並沒見過昏倒的男人，所以只能用鞋帶來認出他。

而且那時，並沒有在如此近距離觀看的路人。不管男女都沒有。因為從這裡能夠清楚看到那邊的狀況，才能如此肯定。」

「不知道，關於這件事，我就——」

老婆婆欲言又止。感覺不是不曉得，而是刻意支吾其詞。

我沒翻譯且沉默下來時，背後突然傳來另一個聲音。

「這件事，由我來回答。」

我回過頭去，亮麗且面積大塊的橘色映入眼簾。是穿著店裡制服的女服務生。她是凹凸二人組之一，年約二十五、六歲的大塊頭。

「跟那男人約好的女性，的確說了『先來店裡等』，而且也沒騙他，那女性比那男人以及其他客人都早來到這裡。」

「那麼，現在人也在這裡嗎？」南野先生驚訝地問。「難不成就在這裡，這張桌子旁邊——」

「對。男人在這裡見面的對象，也就是被春婆婆稱為櫻子小姐的，就是我。」

「春婆婆？」

「啊，不對，就是這裡的客人。」

大塊頭的女服務生連忙改口，幸好南野先生沒追問下去。

「的確，若是妳的話，年齡上和寺坂小姐差不多。然後——」

「是體重。」

南野先生有些顧慮，女服務生自己乾脆地說出來。

「春婆婆，不對，客人所說的梅子小姐是我的妹妹。雖然還是高中生，卻因為一時衝動而做出援交這種蠢事，現在很後悔。我聽到這番話，希望不是只有妹妹，對方也能後悔自己所做的事。

妹妹非常瘦，體重只有四十二、三公斤。妹妹對他說『姊姊比我還胖十五公斤』，其實那是虛報的數字。

我打電話約出那男人，要他別讓公司或家人知道，偷偷來這家店。因為我也不知道他的長相，詢問妹妹她也說『不太好形容，就是個普通的大叔』，說到要用什麼當信號時，對方就想出解開鞋帶這個方法。

約他出來的目的是想在背後看他擔心又害怕的模樣。他絕不會想到是服務生，我就算在他旁邊走來走去，也不會留意到我。

趁他不注意時，在咖啡裡放胡椒之類的，總之我滿腦子想的都是這些。這位客人似乎是刑警吧，做這種事有罪嗎？什麼未遂罪之類的。」

「不，並不會。」南野先生連忙說。「或許有可能因為胡椒的份量而造成傷害，但目前來說不僅不算未遂，根本還沒行動——」

「總而言之，我的確利用神聖的職場進行私人的報復。」大塊頭的女服務生認真地說。「之後會跟店長自首，大概會辭職吧——」

「不，別這樣。」

「不需要做到這種地步。」南野先生和我都開口勸她。

「請別這麼做。」老婆婆溫柔地說。「我喜歡妳端咖啡的模樣，如此大方冷靜。」

「總而言之，我們的疑問已經完全解決了吧。」

或許是老婆婆說的話奏效了吧，心情稍微平靜下來的女服務生一消失在餐廳裡，南野先生就這麼對我說。

「改天介紹一下吧，妳那位年長的朋友，老婆婆名偵探。」

現在就在你眼前啊，我忍下這句話。

「總有一天吧，若有辦法的話。」

我說出安全的答案。至少，只要這麼說，就能成為我再見到他的理由。

「下次一定。」老婆婆對著我說：「下次當妳能和這位好好聊天的時候，要聊些有趣的話題哦。因為你們和梅子小姐與那位男性不同，是年齡相近的兩個人。」

幸好南野先生聽不到，老婆婆講了這句話後就對我眨了下眼睛，靜靜地消失。

貝雷帽與花瓶的謎團

1

我將從剛剛一直盯著的多功能筆記本啪一聲闔上，深深嘆了口氣。

就算再怎麼盯著這個月的日曆看，後天的日期上用藍色墨水寫的「截稿日」三個字都不可能消失，或貼心地往後移一格。每當反映出我本身個性的虛弱無力的文字與紙張結合時，似乎就比書寫文字的我還要頑強。

我並不是不滿意這次的工作。即便我並不是有資格挑選工作喜好的著名撰稿者。前幾天的取材也很開心，調查資料也進行得很順利。我也知道之後只要將取材對象的魅力完整地傳達出來就好。明明是很愉快的工作，為何現在卻一點兒也使不上勁。

其實也不用問為什麼，我知道真正的原因。大致分成兩個，其中一個原因實在挺蠢的。

和我同期出道——同樣在ＯＬ時期就兼差替雜誌寫稿，也是差不多時間辭掉公司的工作，我所認識的女性撰稿人，前一陣子出版了第一本書。而且這本書獲得頗高的評價，幾天前在派對上看到她，她本人似乎也散發出行情看漲的光芒。

這樣的說法聽起來或許很怪，如果她露出「妳和我現在是不同格調的人」，在某種層面上或許對我來說是種救贖。實際上卻不是這樣，我們很正常地站著說話。「有看過最近那部很有趣的電影嗎？」她說，並聊起兩人都看過的電影。

她評價了演出配角的演員「演得還不錯吧」，我也有同感，所以「對、對」的回應後，她這麼說道：

「但感覺彷彿被壓住的短粱般永遠出不了頭。」

她只說了這句話，其實也不能怪她。

我知道這全是巧合。她出版的作品送到我家，當看到充滿讚賞的書評時，

「跟她比起來，我才是被壓住的短粱難以出頭吧。」

我內心竟然呢喃出相同的話。

不過說出來後，我的心倒是平靜了下來。覺得嫉妒她的自己很難看，也有點憎恨甚至連這件事都不曉得的她。另一方面，覺得她永遠不發現也好，最重要的就是有點厭惡自己。

我坐在平時常來的大眾餐廳窗邊座位上，打開筆電，然而理應敲打鍵盤的手卻托著腮，愣愣地翹著腳。

沒錯，工作進展得不順利還有另一個原因。比起剛剛的情況，內心較為興奮——

可能是這樣，卻是同樣麻煩且棘手的原因。

因為意想不到的事件，在這家店認識姓南野的男性，我已經完全迷上他了。一開始只是「想一下下就好」的程度，現在卻常常想到他。

然而，我卻猜不透對方是怎麼想我的。

他是附近警察署的刑警，來這裡打發時間時看起來很悠哉，但忙起來肯定是沒日沒夜的。不在眼前時，他或許會想起我也不一定——

昨天傍晚剛好見到他。我離開店，走向車站另一邊的公寓準備回家時，剛好遇到南野先生從警察署出來，因此離車站十五分鐘的路程是兩人一起走的。

因為兩人算很熟了，自然而然會邊走邊聊。話雖如此，我們畢竟不是很親暱，不知道該說什麼，最後是南野先生先開口問：

「最近接到什麼樣的工作呢？」

畢竟我不可能問他的工作內容。

我聊著現在手邊的工作，接著提到何時開始做這一行的。

「不過，即使起步的狀況一樣，有人很活躍，有人則像我一樣有如被壓住的短梁難以出頭。」

不小心說出喪氣話。都二十八歲了，雖然還不了解對方、卻是自己喜歡的人，而對方也不曉得對我有沒有意思，就這麼向對方抱怨工作的事，真是個沒用的女人。

離晚餐還有一段時間，但因為是冬天，路上已經暗下來。走在昏暗的馬路上，南野先生沉默了一下，接著說：

「寺坂小姐，妳知道『短梁』這字的意義嗎？」

「不知道。」

我答道。既不知道是什麼意思，也沒去思考過。

「譬如說，老舊的旅館之類，大型建築物二樓的牆壁——不是有面向道路像小型屋頂般突出的屋頂嗎？」

我想像著南野先生所形容的建築物，回答說我知道。

「就是那個吧。原本是為了防止發生火災時火勢過大之類，實際上是有意義的，後來卻慢慢遠離防火的意義成了單純的裝飾，成為豪華宅第的象徵。為了炫富炫勢而在宅第加上『短梁』就是這個吧。」

「是這樣嗎？」

「寺坂小姐想當這樣的東西嗎？」

「不想。」

我答道。我並非想在南野先生面前耍帥，只是不想當那種東西，才坦率地這麼回答他。

很感謝南野先生讓我有所領悟，我變得更加喜歡他了。

接下來兩人的氣氛很微妙——當成是我在做白日夢也沒關係，但我這樣的想法南野先生也收到了。至少我是如此認為的。

南野先生又再度沉默半晌，稍微抬頭看了下夕陽落下的天空後說了些什麼。

然後我好奇會不會是我聽了會開心的內容，像是「下次休假日要不要去哪裡呢？」之類的（剛剛不就先說了，當成是我在做白日夢也沒關係）。

然而南野先生並沒說這種事。之前他欲言又止地，講起了別的事。從他開口又把話吞下去的樣子來看，肯定是別的話題。

「換個話題，工作上發生了一件不可思議的事。」

我有一點緊張。工作的關係，這麼說來——

「數天前所發生的強盜傷害事件，幾乎解決了——犯人已經被逮捕且自首，也有物證。但是，還有說不通的地方。

寺坂小姐或許能解釋這件事。不對，是寺坂小姐的請教對象，那位展露推理能力的婆婆。」

南野先生調侃說，從他語氣聽來，仍對『老婆婆』的存在半信半疑，我知道他還在懷疑之前解謎的人是不是就是我。

「簡單來說。離這裡不遠的一間民宅遭到男性入侵並用重物毆打民宅主人頭部，趁主人昏厥時偷取高價的寶石戒指。

被害者明白指出犯案者，而遭點名的人也承認犯行。只不過，犯案時的時間點，嫌犯人在很遠的地方——且有個人目擊到嫌犯人在成田機場。

那位嫌犯卻堅持並非如此，他當時人在民宅附近並犯下強盜案。不僅是他堅持而已，這案子的的確確是他做的，而且是在那個時間帶做的，有這樣想的客觀理由。

然而，目擊者完全不退讓。甚至還往奇怪的方向去想——說是鬼魂還是什麼的。」

「鬼魂？」

聽到這句話我無法沉默，重複這句。

「不好意思，話才說到一半。」

南野先生歉然地說。這時已經看得到車站的建築物。

「話說到一半很不好意思，之後我再詳細說明給妳聽。等晚一點或是明天早上，我傳電子郵件給妳好了，可以給我妳的郵件地址嗎？」

於是我告訴南野先生我的電郵地址。當然是有一點小鹿亂撞的。

「那麼，我就在不浪費妳的時間下，傳給妳事件的概要。

其實目擊者誤會是最有可能的事。這樣事情就解決了，可是就是很在意。說不定寺坂小姐能——那麼先告辭了。」

他輕輕舉起單手，外套的衣襬跟著揚起，接著走上往車站的階梯。

以上就是昨天發生的事，之後我思索再三。

南野先生在談事件之前似乎有話想說。我當然也會想到這部分，但果然還是很在意跟這起事件有關的不可思議的事情。

我一直到很晚都不斷留意訊息，卻沒有南野先生的來信。從今天早上到出門前的這段時間也都沒有。

沒能專心在工作上可能是因為一直在等信，應該說這才是最大的原因。我在餐廳桌上把手機接上電腦，試著登錄郵件伺服器。

收到一封新郵件。

發信者是南野肇，開頭寫了「妳好」。是一封內容很長的信。

2

我是南野。昨天打擾了。

以下詳細說明當時說到一半的事件。如果妳有興趣的話請看下去。名字都是假名，但被害者與嫌疑犯的名字已被新聞報導出來，隱瞞真名也沒有意義了。

被害者山本先生是四十多歲的實業家。三年前離婚，前妻離婚後便遠赴美國，既沒有孩子也沒有其他家人，一個人獨自生活。

強盜在下午的時刻闖入山本先生家中，用房裡的花瓶擊昏山本先生，再搶走高價的寶石戒指。

昏倒的山本先生醒過來後立刻去警局報案。他指出犯人是「以前送過宅配到家裡的年輕男子，姓鈴木」。宅配業者胸前都會掛名牌。鈴木是假名，真正的姓氏很特殊，所以印象深刻。

警方找上宅配公司時，鈴木青年已經離職了，但沒有搬家，半夜回自家公寓時就被警方逮個正著。經過調查，他爽快承認犯案。

其實這位鈴木青年是日本人，但從小就和家人移居墨西哥。今年春天他隻身來日本，輾轉做了各種打工。年齡在二十五歲左右，工作態度雖認真卻很愛玩，也會向同事借錢賭博，所以才會不斷換工作。與山本先生的交集只有在事件發生前兩週，在宅配公司打工送包裹到他家而已。山本先生記得他的長相和名字純屬偶然。不，其實鈴木長得非常帥氣，五官立體而令人印象深刻。

鈴木的狀況又是如何呢？說起他入侵山本先生家其實是有原因的。似乎是因為週刊雜誌刊登山本先生即將再婚的消息——是和前偶像的年輕女性結婚的報導，而且是在事件發生前幾天刊登的。

那篇報導中出現山本先生家傳、價值八百萬的紅寶石戒指。明治時期以來，長男給妻子戴的戒指，在她手上閃閃發光，類似這樣的內容。讀到這裡，想起是以前宅配的客人，而決意犯案。

星期六過了下午兩點，他打破後門的玻璃窗入侵民宅，以刀子威脅對方交出戒指。山本先生從書房金庫拿出戒指交給他後，對方就用手邊的花瓶砸昏山本先生後逃走。山本先生醒來後，跑去附近的派出所報案。

綜合被害者和嫌疑犯雙方的供詞，沒有任何矛盾。兩人可能說的都是實話，也可能串供說謊。但也找不到兩人需要串供的理由。

至少三點左右，山本先生──後腦勺腫了個包，穿著領口沾著血液的芥末色襯衫，他確實有跑去派出所報案，也絕對有此犯行發生。山本先生的傷，不論位置或形狀，都不可能是自己弄的，是被重擊導致昏迷了接近一小時。

而且事發現場，也就是散落在山本先生書房裡的花瓶沾了血液與毛髮（都是山本先生的），上頭留下「右手緊握形狀」的指紋（鈴木的），幾乎可以斷定砸頭的人是鈴木。也同樣可以斷定事發現場就是這間書房。

既然是三點報警的，可以確定犯行就是在那個時間之前。但另一方面，犯案時間卻不是在一點半之前。畢竟一點的時候有客人來訪，那時候是寶石商來送調整尺寸後的戒指。

寶石商到達家裡後，如同往常親切的山本先生，「一如往常地瀟灑，穿著喜愛的芥末色襯衫，再搭配貝雷帽」。山本先生泡了紅茶，在客房聊了三十分鐘左右便離開了。

其他工作人員確認了寶石商離開店裡的時間，到達山本先生家是一點，至少是十二點五十分左右。更早之前的話，八百萬元的寶石戒指並不在山本先生家，而一直到一點半左右寶石商人都在，兩人閒聊著。

因此，犯案時間是過兩點，不僅有被害者與加害者的供詞，從各種狀況來看也是正確的，難以動搖這狀況。

然後卻剛好在這個時間點——正確來說是兩點二十分左右——有個人堅持在成田機場看到鈴木青年。假設他叫康薩雷斯好了。他是長年居住在日本的墨西哥人，常常回故鄉。據說鈴木他們家在他老家附近，所以從孩提時代就很熟。

那個人從報紙上得知鈴木遭到逮捕，看到犯案時間是星期六下午兩點，便聯絡警方表示「不可能有這種事」。

康薩雷斯那天從家鄉回到日本，到達成田機場是一點四十分左右。大約一小時之後，兩點四十三分搭乘成田特快。這段時間的某一刻，根據他的記憶是兩點二十分左右，在機場大廳看到鈴木青年的身影，出聲叫喚但青年沒注意到直接走掉——

因此，綜合以上問題。下午兩點——或許是山本先生或鈴木先生搞錯（也可能是說謊），估計的時間再快也要超過一點半——在東京西部犯下強盜案的人，有可能在兩點二十分到達成田機場嗎？

結論是「絕對不可能」。若辦得到這種事的話，有多少人能受惠啊。

從新宿到成田搭成田特快約一小時二十分鐘，從那附近到新宿坐特急的班車也要三十分鐘，至少要花兩小時是一般的常識；其他的鐵路路線或開車，也無法大幅縮短距離。只要不是包飛機或直升機的話就不可能辦得到。但那做法太誇張，完全沒有考慮的價值。

然而康薩雷斯先生卻堅持：「那人就是鈴木青年！」不肯退讓。「若不是他的話，只好想成是雙胞胎弟弟了。」

事實上，鈴木青年的確有個雙胞胎弟弟，但去年已經在墨西哥過世。「若是他的鬼魂所幹的，倒還說得過去。」康薩雷斯這麼對我們說。

然後，就必須再提到另一件事。根據鈴木青年的供詞，他那一天的確去了成田機場，只不過時間更晚。他表示，兩點犯下強盜案後，送認識的美國人——假設是史密斯先生——回國而前往成田機場送機，到達成田機場是四點半到五點之間。

然後，山本先生說，他將搶來的戒指交給史密斯先生。他打算讓史密斯先生在美國賣掉，兩人把錢分了。這裡還算行得通。畢竟名氣大的戒指，在日本國內也難以脫手。老手的話就知道如何避開海關的檢查夾帶出去。而事實上，這位史密斯先生的確聲名狼藉。

因此，戒指並不在鈴木手上，也還沒掌握到史密斯回國後的行蹤。關於這個狀況，寺坂小姐怎麼看呢？

若除去康薩雷斯的證詞，所有的問題點就都兜得起來，所以他認錯人是最有可能的說法。他在成田機場所看到的並不是鈴木青年，只不過是長相和體格跟他很像的其他人而已。

事實上，或許昨天也說過了，搜查的相關人士幾乎都這麼認為，我自己也大致同意這說法。然而，康薩雷斯的話有莫名的魄力，感覺很難釋懷。

如果說，有能令人認同的解釋。如果寺坂小姐（抱歉，是請教對象的老婆婆）用上次的手法想到了新的解釋，請跟我聯絡。若有什麼問題也請提出來，我會盡我所知回答。

最後，抱歉耽誤妳寶貴的時間，再聯絡。

南野肇

追加

另外，我們這裡也徹底調查了關於山本先生和鈴木青年的關係，但除了他們兩人所主張的「只送過一次宅配」之外，查不到其他的交集。

鈴木青年從墨西哥來日本的日子並不長，還沒機會對山本先生產生怨恨，相反的，我們也推測他還沒機會和鈴木先生變熟，而被拜託他什麼事。

拜託他事情——也就是說謊吧。山本先生有可能將寶石藏起來，假裝寶石被搶走而詐領保險金。因此才會雇用鈴木青年。經濟不景氣的情況下，山本先生的事業大概也難說是一帆風順，所以才有這想法，但檢討之下發現不合理的地方很多。

其中一點是，山本先生頭部被砸，傷得很嚴重，而且真的也昏過去了，但可以說是他運氣好，既然是本人要求被砸頭，下手應該不會如此重。

此外，如果山本先生被擊昏這件事其實是謊言的話，就應該做得更徹底。鈴木青年應該在犯案前後，努力製造出目擊者。反過來說真正的強盜案就會避免被發現。事實上除了那位康薩雷斯的證詞，沒有人目擊到犯案。

追加2

即使山本先生沒說謊，戒指真的被搶走了，那也只是「順手牽羊」，根本的理由是對他的怨恨——我們也考慮到這樣的可能性。

調查的結果得知，山本先生工作方面的評價相當高，也就是說他並非「樹敵者眾之人」。

除此之外，若說是得罪了什麼人，這點也很奇怪，的確因為在週刊雜誌上有刊登他與前偶像婚約的新聞。假設是她的鐵粉，看到消息而怨恨山本先生的可能性也並非沒有。

然而，若真是鈴木青年犯案（從凶器的問題來看，應該是不會錯），他是近年才來日本，有點難想像是因為這原因。那位前偶像曾紅了幾年，但最近已經很少有演藝活動。

所以還是那位鈴木青年所說的原因——湊巧讀到週刊雜誌的新聞，得知之前送宅配的那戶人家，也就是山本先生家中有昂貴的戒指，起了歹念後就動手去搶。這麼思考也比較合理。

那麼，整個事件就是這樣。謝謝妳讀到最後。

3

以上的內容是南野先生寄電子郵件到人在大眾餐廳裡工作（本來應該是這樣）的我。

單戀的對象第一次寫信給我，卻是這般殺氣騰騰的內容。今後還有沒有機會收到他的來信也不得而知。雖然對這件事感到些許失望，但內心仍有些小確幸。

這次事件重點就是不在場的問題，嫌疑犯自己並沒有主張不在場證明。雖然其他人堅持「在別的地方看到嫌疑犯」，但事件又一定是那名嫌疑犯所犯下的。

被害者既有證詞，嫌疑人自己也承認——不僅如此，連沾有指紋的證物都確實存在。

這裡寫的凶器是花瓶，大概沒有錯。整起事件其實是山本先生的瞞天大謊——警察對於這點似乎完全沒有懷疑。受傷的痕跡跟花瓶的形狀一致，或血液毛髮沾到的方式之類的，肯定有確切的理由。

然後凶器上留有鈴木青年的指紋——想到這裡，突然恍然大悟。

事件發生的星期六，並不是鈴木青年第一次來山本先生家。他在兩星期前送宅配時不就來過了嗎？

如果關鍵的指紋在那時就沾上的話呢？

鈴木青年其實是無罪的，星期六的兩點二十分在成田被目擊到的是他本人。強盜事件是山本先生自己說的謊，將恰巧送宅配的青年羅織成犯人，記得他的名字，再用什麼藉口讓他拿花瓶。

星期六發生「事件」時，共犯拿著沾有鈴木青年指紋的花瓶砸向山本先生的頭。不消說，共犯手上戴著手套——

但他招供時，我想到這個可能性不禁感到相當得意。然而在下一瞬間，我並非沒察覺到蜂擁而至的各種矛盾。

再讀一次南野先生的信，上頭寫著「右手緊握形狀的指紋」。有什麼藉口能讓人這樣握著花瓶嗎？而且是讓只是來送宅配的人握著。

假設他在玄關處擋路的地方擺上花瓶，並且對他說「不好意思，可以幫我拿著這個嗎？」（雖然這樣極度不自然），若是單手可以握住的花瓶，難道就會照他所說的用拇指和其他手指，從左右方夾住的姿勢舉起來呢？

就算退一百步，能夠確實沾上「緊握形狀」的指紋，事件當天再度讓「戴手套的共犯」握住時又會如何呢？被手套摩擦後，鈴木青年好不容易沾上的指紋不就會消失嗎？

這樣又有一個疑點，照南野先生所寫的，一起參與的「共犯」會如此重擊山本先生也很奇怪。只要下手重一點，後果就不堪設想了。

若再照這假設來看，鈴木青年只是被騙被利用，也就是「偶然路過」的人。這樣的他不可能自己承認沒犯下的罪行，而且還做出跟山本先生的主張完全符合的供詞。

不僅是沒有理由，根本是不可能。說出與山本先生的謊言一致的謊，與南野先生信中說的一樣，事前就「互相串通好」。

以被害者與嫌疑犯都是真的為前提談下去的話就會變成這樣吧。好不容易想到「不錯的線索」，但這個假設卻宛如立食宴會上沒切就直接端出來的蛋糕一樣，被挖得一塌糊塗，我頓時感到很洩氣。

若真是如此的話，究竟是怎麼回事呢。

犯案時間再怎麼早都是下午一點半之後，延遲一些可能推估接近三點之前。因為被害者山本先生昏倒，也許會搞混時間。犯人也有可能會弄錯，或因為某個原因說謊吧。

因此過兩點的這個犯案時間並非如此準確，但的確是在剛剛所說的時間範圍內。寶石商在他家待到一點半，和打扮時髦的山本先生輕鬆地閒聊（而且在寶石商來之前，重要的戒指並不在家中）。三點時頭上腫包，時髦的芥末色襯衫沾到血，絕對是被人襲擊的山本先生跑去附近的派出所報案。

於是警方來到山本先生家的書房，書房裡既有留下犯人指紋的凶器，之後調查也判斷指紋是鈴木青年的。

目前為止還說得通。然而，根據康薩雷斯的主張，指紋的主人鈴木青年兩點二十分時人在成田機場。

從這附近到成田機場大約要花兩小時。在寶石商回去後立刻犯案，接著馬上前往成田，抵達的時間再快也要三個半小時左右。另一方面，如果犯案時間是在之後——先去成田被人目擊之後再去山本先生家，到達的時間也會是在四點二十分左右。

好奇怪。時間搭不上。但康薩雷斯卻很堅持：「如果不是他，只好認為是他的雙胞胎弟弟了。」但是他弟弟已經過世了。「若是他的鬼魂我還能理解」——

究竟是怎麼回事呢？難道真的是鬼魂嗎？

令人有點難以置信。但對我而言卻有一定的現實感。

將那些乍看之下難以解釋的事件（雖然不像今天這件是真正的「案件」）都精彩地解決，我的「請教對象」幸田婆婆就是這樣的存在。她是出現在這家店的幽靈——是否看得到她因人而異，但她其實已經不是這世上的存在。

康薩雷斯所目擊到的身影是和幸田春婆婆同類，去年在墨西哥已死亡的青年嗎？這樣的話，那位青年為何現在會出現在成田機場呢？話說回來，幸田婆婆為何出現在這裡呢？早已死亡了二十多年左右，現在卻又出現。

這裡解釋一下老婆婆的狀況。她原本是這附近的地主。店長說「她很關心跟自己緣分很深的地方與出入這裡的人，所以過世後仍在這裡徘徊」——聽起來似乎很有道理，但仔細想想只不過是店長自己的解釋罷了。我們並沒有向老婆婆本人確認過「真是這原因嗎？」

察覺到這件事時，我的眼睛釘在店裡頭的角落座位上。到剛才為止都沒人的位子上，靜靜坐著一位將樸實的上衣穿得很有氣質，個頭嬌小的白髮老婆婆。

4

老婆婆一看到我，便低下宛如新年年菜的慈姑形髮髻的頭鞠躬。穩重的圓臉一如往常地微笑，但背後在思考什麼卻不得而知。

我的意思並非她親切的表情背後不知在盤算什麼。而是不知不覺間將不可解的謎團做出合理的解釋，不曉得她的手法是什麼的意思。

我當然也跟她打招呼——老婆婆只是看著我，似乎在說『方便的話要不要過來這裡？』般地歪頭，但我有點猶豫。

並非現在就不害怕幽靈。至少，對這位老婆婆雖然仍有不明白的地方，但我很清楚她不是邪惡的存在。

不僅如此，只要我過去，就能向她請教這椿寶石強盜事件了。我也知道，即便我沒說，老婆婆也會主動開口：「妳似乎在煩惱什麼？」其實我也很想跟她商量這件事，所以也知道結果就是連珠砲地說下去。

往常雖是這樣，但這次的事件卻不同。也是因為那是貨真價實的犯罪案件，而且是南野先生主動找我商量的。現任的刑警——而且是我很在意的對象，我知道他還未婚，不討厭我（這點還滿確定的）。

我並非沒有想盡量靠自己解決的念頭，但也很清楚憑我自己是不可能辦到的。

而且還有康薩雷斯的證詞。若事情有可能跟「幽靈」扯上關係的話，不是我這種人類能處理的。借用老婆婆的智惠才是明智之舉——

最後，我從自己的座位起身，走向店內角落的幸田春婆婆的老位子。

「妳好嗎？」

「很好，託您的福。」

「妳好像在煩惱什麼呢？」

於是我告訴她南野先生找我商量事情，以後事件大致的概要。

看得出來老婆婆對這件事很有興趣——雖然也不覺得她會沒有興趣——為了讓老婆婆看南野先生寄來的電子郵件，我從自己的位子上拿了筆電過來。

「現在的人每天都在看這種東西吧。」

老婆婆一臉好奇地盯著螢幕喃喃說。

「這對眼睛不好。一閃一閃地發著藍白光，就像我們這些幽靈一樣。」

說這種話的老婆婆既沒有一閃一閃（若扣除已目擊到幾次消失在虛空時的瞬間的話），也沒有發著藍白光。

「抱歉，因為這裡沒有印表機，眼睛可能會不舒服。」

「啊，妳別擔心我的事。其實我早就沒有什麼眼睛了。我只是舉例而已。」

老婆婆邊說邊擺頭，追逐著郵件的文字，再由我將畫面往下捲動。是老婆婆要我這麼做的。可能是身為幽靈的老婆婆沒辦法按住電腦鍵盤，還是不想去觸碰這種不清不楚的機械呢？

老婆婆將南野先生冗長的信讀到最後。雖說實際上並沒有眼睛，但她和普通人一樣的動作讀文字，花的時間跟普通人一樣（絕對不慢）。

讀到最後一行後，沉默了半晌。之前不曾有過那麼長的「沉默」。

「請問，您的看法是？」

我主動詢問道。

「啊，抱歉了，想到小姑娘的心情就不小心——」

「什麼？」

「南野先生信上只說了這些，妳是第一次收到他的信吧。多寫些其他的內容也可以啊。像是快過新年了，要不要一起去廟裡參拜呢，之類的？」

老婆婆用輕鬆的語氣說到我的痛處。

「可能是熬夜工作，或接近那樣的狀態下寫信的吧。」

我替他找藉口。

「況且也不是寫什麼輕鬆的內容。而且重要的是，我很在意康薩雷斯說的話——」

「他說的鬼魂嗎？」

老婆婆稍微聳起瘦弱的肩膀，

「這我也不知道，但並不認為有可能有這種事——」

「是這樣嗎？」

「雖然不能說是絕對，但不太有這樣的可能。就我這老婆子所知，像我這類的存在出現在這個世界時，不能離自己曾住過的地方或死亡的地方太遠。」

老婆婆在另一個世界應該有很多幽靈朋友吧。內心雖這麼想，還是覺得詭異而無法跟老婆婆確認。

先別提這件事了，若照老婆婆說的，鈴木青年的雙胞胎弟弟——從小就在墨西哥成長，而在那裡死亡的年輕鬼魂出現在成田機場，是不可能的。

「只會在和自己緣分深的地方，在那裡有什麼放不下的事情時，忍著羞恥心出現。即使不像怪談裡的幽靈般有『怨氣』，應該是說有牽掛吧。

這部分先不提，關於這件事，並不是鬼魂——這樣的可能性還比較高。」

「可是，若是這樣——」

「是？」

「就是康薩雷斯弄錯了嗎？」

「他會這麼想也是有道理的。」

老婆婆優雅地挺起胸，淡淡說道。

「因為符合邏輯，所以也可以這樣理解。事實上，會有這樣的結論是也是有可能的。」

「您的意思是，還有其他的可能性嗎？」

我胸前感到一股悸動。果然還是會有這種反應呢。

「當然。」

「可是，為什麼——您究竟是從哪裡冒出那個想法的？」正巧沒有其他客人，我大聲問。

「是從哪裡啊？」

老婆婆露出親切，同時岔開話題似地微笑說：

「好比說，那個貝雷帽吧。」

5

「貝雷帽？」

我愣愣地說。我在老婆婆面前究竟露出過多少次這種表情呢？

「是的，因為無論是誰看到這封信，最先感到不對勁的就是這部分吧。」

可能是我注意力欠佳，不太懂老婆婆的意思。

「這位山本先生所戴的貝雷帽。和芥末色的襯衫非常搭，在自宅中接待寶石商時所戴的貝雷帽，之後就不見蹤影了嗎？」

「不見蹤影？」

「因為，這樣不是很奇怪嗎？」老婆婆輕輕歪著脖子，繼續說著。「有些人在家中也會戴貝雷帽。話雖如此，山本先生也是那樣的人，若是因為時髦或習慣才戴的話，同樣在那一天，當寶石商離開之後——下午兩點左右也要戴才對。這樣想才正常吧。」

的確是這樣沒錯。寶石商回去不過數十分鐘之後的事而已。下午兩點是他被強盜襲擊的時間。

「這樣的話——」

不是很怪嗎?事情發展下去，連遲鈍的我也終於發現了。

「啊，對。就是說啊。凶器的花瓶上沾著頭髮和血液。」

「妳說得沒錯。」

這就表示他沒戴帽子吧，至少被砸的瞬間沒有戴。

「爭執的時候掉下來的嗎?」

「應該不至於，貝雷帽是那種又軟、深度又深的帽子，所以不會輕易掉下來。若沒有太大激烈的打鬥應該不會掉下來吧。可是，若被突然拿著刀子的年輕人威脅的話——」

只要不是會空手道的人，應該都會乖乖聽話吧。而且若會空手道的話勢必有所反擊，應該不會只有後腦勺被砸一記就結束。

「意思是說——?」

「其實很簡單。頭被砸時，應該說被砸之前吧，山本先生沒有戴貝雷帽。」

「和寶石商見面時戴的帽子，之後脫下來了嗎？」
「不是。」老婆婆乾脆地否決。「應該是原本沒戴，和寶石商見面時才戴上的。」
「欸？」
我無法馬上理解她說的。
「不用想得太複雜。山本先生受傷是在和寶石商見面之前，就只是這樣而已。」
我驚訝地說不出話來。
在下午一點前，原本沒戴帽子而被花瓶砸了的人，大概昏迷了一陣子醒過來之後，故意戴著貝雷帽與寶石商見面——
「為什麼是戴貝雷帽呢？」
「不必說，因為不想讓人看到頭上的腫包或傷吧。」
「為什麼？」
「因為有兩個原因。」
老婆婆兩手緊貼在膝蓋上說。
「首先——故意在寶石商前裝作沒事——替換和沾了血的襯衫顏色很像的衣服，再佯裝成很有精神的話，就會讓人以為他是事後才被人襲擊。因為這樣就能讓人誤會事件發生的時間。
還有一個狀況會因此改變事件的性質，就是能夠看起來是強盜所為。看起來像是寶石商回去後才被人襲擊，只要把送回來的戒指藏起來，整個狀況就變成戒指被搶走了吧。

「換言之——」

事實上，山本先生是在寶石商來之前的一小時被擊昏。原因跟八百萬的戒指無關，而是為了另外一件事。因為戒指當時並不在家中。

於是，山本先生利用這件事——聰明地利用剛好在寶石商來的前一段時間偶然發生的事。目的就如南野先生說的，是要詐領保險金吧。可是，並不是一開始就盤算好要說這樣的「瞞天大謊」。他是真的因為其他原因被人狠心砸傷頭。

「並不是故意騙人，而是趁機利用了發生在自己身上的災難。就是這麼回事。也留下嚴重的傷勢，所以連警察也——即使懷疑會不會是山本先生說謊，最後還是相信了他的說詞。」

我不停亢奮地說著。

「如果是殺人事件的話，應該能推算犯案時間。因為只要進行驗屍或解剖就知道結果了。

既然是活生生的人，一般都會先讓醫生醫治吧。當然就不會說謊了。早上受的傷，晚上才沾到的話會變得『很奇怪』吧。但並不是這樣，如果只過了兩個小時左右的話——」

「小姑娘說得沒錯。」

老婆婆溫柔地說。

「那麼，犯人——也就是用花瓶砸山本先生頭的犯人是——」

「當然，就是鈴木青年。除了他還有誰呢？」

的確如此。凶器是花瓶沒錯，且花瓶上留有明顯的指紋。

推算時間，在剛過中午的時候對山本先生動手的話，兩點二十分在成田機場被人目擊也不奇怪。

「可是，在那個狀況下——」

「什麼？」

「鈴木青年的目的是什麼呢？動機又是什麼呢？既然跟戒指無關，也沒寫其他被偷了什麼，這樣只能從『怨恨』這一點來考慮——」

可是，他和山本先生之間只有送過一次宅配的交集而已。警察已充分搜查過，調查結果清楚註明並沒有找出任何其他的關聯。

畢竟前一陣子人還不在日本的鈴木青年，對任何人都沒時間抱有強烈的情感。無論是對山本先生或對他的未婚妻，也就是刊登在週刊雜誌上的前偶像。

「若是在鈴木先生來日本之後，或許是這樣沒錯。」

老婆婆說出驚人之語。

「可是，在來日本之前呢？這樣就不一定了吧？」

「這起事件的關係者中，是否有人已經出國了呢。除了康薩雷斯或史密斯之外的人。這個機器的畫面可以再往上面看嗎？」

我按下電腦的箭頭鍵，滾動信件的頁面。因為老婆婆要我停下來的地方幾乎是信件的開頭。

「妳看，這裡有寫。山本先生的前妻離婚後前往美國。

雖然美國與墨西哥我都沒去過，但我記得兩國是比鄰的國家吧？」

當然，她說得沒錯。

「美國土地廣闊，墨西哥也不小，但若前妻是在美國的南端，鈴木先生在北端的話，說不定兩人其實住得很近。」

「的確是這樣——不對，國境畢竟是國境，不能隨意來來去去，但或許比島國的日本人所感覺得還要近。雖然兩者是不同國家。」

當然，前提是兩人各自住在老婆婆所說的地方。

「所以說，請去確認一下。」

「確認？」

「寫一封信給南野先生，詢問這件事。」

我依照婆婆的吩咐傳了簡短的郵件給南野先生，詢問山本先生的前妻到了美國的哪個地方？是鈴木先生的老家墨西哥附近嗎？

「然後——」

傳送出去後（雖說是事務性的內容，還是會有些緊張），我說。

「這兩個人或許有交集。這部分因為警察也尚未調查，也還無法斷言。若有的話會怎樣呢？」

「以下全是假設，如果兩人是心意相通的朋友，或許鈴木先生之前就聽說過山本先生的事。在他來日本之前就聽說過山本先生是親密好友的前夫。

若是這樣的話，真的只是假設，前夫離婚之時，或是在之前的婚姻生活中就對前妻百般苛待，聽到這件事的鈴木先生怒氣難消，這也是有可能的。

如果真是這樣的話，後來到了日本的鈴木先生，因為送宅配的機會遇到山本先生時，知道山本先生是『那個人的前夫』。當然，如果是有常識的人，應該不會立刻有所行動。事實也是，當時什麼事都沒發生。

原因果然還是因為那個，那個週刊雜誌的報導。」

「那個報導嗎？」

「實業家山本先生要和前藝人的年輕小姑娘結婚，並將家傳的寶石戒指送給對方。週刊報導了這件事吧。

讀了這篇報導的人，應該也有各種反應。原本是當紅藝人的小姑娘和年紀相差那麼大的人結婚，有人對這部分覺得很不甘心，也有人只注意到高價的戒指。若小偷看到這篇報導，或許會計畫要去偷竊。

然而，年輕氣盛的鈴木先生對這報導的感受是對重要朋友的侮辱——會不會曾想過將昂貴的戒指偷過來，交給小姑娘呢？前提是剛剛我所提『假設說』是對的。」

況且鈴木先生在星期六上午或是中午的時候，偷偷潛入山本先生家施暴。先擊昏山本先生，消了氣後便前往成田機場。」

「他沒有偷任何一樣東西。」我插嘴說。

「欸，這個之後再說。」老婆婆語氣含糊地說。

「總之，他就出門去機場送史密斯這個朋友。他並不是在飛機起飛前到，而是提早去見他，計畫在機場餐廳吃點兒東西吧。」

兩點二十多分到達機場，並且被康薩雷斯所目擊。

這樣就的確符合鈴木青年的行動。如果他跟山本先生的前妻認識，假設對她懷有尊敬、友情或其他情感的話。

「對了，我檢查一下郵件。」

南野先生說不定回訊息了。當然我也不確定，且還沒回信的可能性很高，沒想到他真的回信了。信件主題是「兩人的住處」，

「感謝來信。以下回覆妳的問題。

山本的前妻居住在聖地牙哥，鈴木青年的老家是在墨西哥的提華納。啊，原來是這麼回事！」

信就寫到這裡為止。

「聖地牙哥是在美國的哪邊呢？」

「是加州的南端，我記得離墨西哥非常近。」

「提華納呢？」

「是靠近加州，國境交界的城市。」

我充滿自信地回答老婆婆。因為我記得雷蒙錢德勒的小說中出現過這地方。換言之這兩個地方非常近。南野先生的信件會以「啊，原來如此！」作結，想必也是想到這一點了吧。

「當然，雖然曉得了這件事，卻仍不清楚他們究竟做了些什麼。」

老婆婆謙虛地說。老婆婆若是活生生的人類，想必會啜飲著茶吧。

的確是如此，光靠剛剛知道的事實，並不代表先前的「假設說」是真的，只是提高了真實性而已。若警方出面調查又是另一回事——

我跟平時一樣吃驚地望著老婆婆沉著的身影。

「可是，有一點我不懂。」

我察覺到一直無法釋懷的原因究竟是什麼後，便提出來詢問。

「是什麼呢？」

「如果照剛剛說的，我理解鈴木青年毆打山本先生的理由了。之後山本先生讓他背負起搶寶石的罪名，同時讓他無法否認。若佯裝成強盜事件，就不用將前妻捲進來。可是我不懂的是，鈴木青年回答警方的調查時卻能配合山本先生說的謊。無論是犯案時間或其他事情。

擊昏山本先生後就去成田，回來時立刻被警方抓去問口供了吧？他們兩人應該沒有串供的時間。這樣的話為什麼——」

「唔——」

「那個，」老婆婆盯著我的臉。「剛剛的談話中，有個地方我覺得無法釋懷。就是鈴木先生毆打山本先生後離開，在這一段小姑娘說『他什麼也沒偷』，就是那個時候。」

「其實，我想到了鈴木先生偷到的東西。」

「唔？是什麼呢？」

老婆婆指著放在桌上的我的手機。

「這種小型電話很方便吧，但擁有那個要有很多錢吧。我聽到前一陣子隔壁桌的客人說『月租費很多很頭疼』。」

「這跟通話時間也有關係——」

「無論如何，手機這東西是跟常常向同事借錢的鈴木先生無緣的，或是即使曾經擁有過卻留不住又放手呢？

即便手機並非隨時需要的東西，但在重要時刻想必是很有用的工具吧？尤其是約在機場那樣人潮洶湧的地方等人時。就算後來前往成田機場的鈴木先生順手牽羊拿走了山本先生的手機也不奇怪。」

「若真是如此，山本先生他——」

醒來時看到自己的手機不見，就知道是鈴木青年拿的吧。既然如此，只要打那個電話號碼就能跟鈴木青年聯絡上。

山本先生提議會給他錢，又或者（假設鈴木青年其實是山本先生前妻的朋友，曾經對山本先生說過這件事的話）要脅他不要造成她的困擾，於是兩人串供協助他的計畫。

「如果兩人對警察的問話都能對得天衣無縫，應該沒有比這想法更有可能了吧？」

我佩服得五體投地，根本已經投降了。雖然從第一次見到老婆婆時，就一直是這樣。

「這樣的話，那個手機說不定就是證據吧。」

感覺我似乎呆坐了好一陣子後忽然想到。

「即使鈴木青年用完的手機被丟到哪裡去了，不是可以去電信公司調查通話紀錄，或鎖定使用的地點嗎？即使不是附GPS的手機，也可以查得到連到哪個基地臺。

因此只要他在成田機場使用手機的話就會查得到，山本先生的家用電話通話紀錄或許也能幫上忙。這樣就能佐證春婆婆的話了。」

「是嗎？我對於妳剛剛說的話有一半不是很明白。」

老婆婆自然地歪著頭說。

「總而言之，找到了手機或許能成為什麼證據的這一點。我腦中倒是想到了另一個證據——」

「另一個證據？」

「對，當然這證據是需要佐證的。我心中已經準備好『這個佐證怎麼樣呢』，就是貝雷帽。」

「又是貝雷帽嗎？」

「對，在寶石商來之前，為了掩飾頭上的傷而連忙戴上貝雷帽。因為遮住了受傷的部分，帽子內側沾到血也不奇怪。應該說，他也察覺到完全沒沾到的話反而奇怪。那頂帽子或許現在就在山本先生的家中——」

「原來是這麼一回事，這樣就能成為證據了。而且還是重大的證據呢。」

「嗯，可是或許早已經丟棄了，我覺得有可能會這樣。看來這位山本先生個性挺薄情的。無論是對人或是對物品都一樣。

以我這樣的老人家來看，證據這東西要像是貝雷帽那樣有形的物品才能安心。但那是老舊的想法，像剛剛小姑娘說的什麼紀錄才有幫助吧。

那麼，我也差不多要退散了。請慢慢回信給南野先生吧。」

老婆婆笑咪咪地如她所說慢慢消失。就在沙發上的老婆婆身影愈來愈薄的時候。

「還有，既然難得寫信給他，就加些有趣的話題吧。」

綻放矇朧月色般的笑容後，這次是真的消失不見了。

機器人與俳句的謎團

1

最近在常去的大眾餐廳裡都沒見到老婆婆的身影。

而我自己，最近抱著筆電到店裡工作的頻率增加了。因為工作很忙——也可以這麼說。其實工作稍微比之前增加，我的生活狀況也因而有了相應的寬裕。

因此我會自稱「為了轉換心情而在外面寫稿」，幾乎每天都能來大眾餐廳。雖然這不是我唯一的目的——

「感覺最近都沒看到春婆婆呢。」

我向店長山田詢問。

「是的。」他回答。「春婆婆從去年年底感覺就比以前少出現，年初起就更明顯了，這星期幾乎都沒過來。」

二十年前便已亡故的幸田春婆婆，常以幽靈之姿出現在店裡，但看不看得到她卻因人而異。店裡的員工幾乎看得到，應該說，看不到的人幾乎都做不久。

根據山田先生描述。「不幸」且「內心孤寂」的人才看得見老婆婆。包含山田先生，店裡的員工多半都帶點「也是那樣」的氛圍，但實際狀況如何就不得而知了。

說到山田先生，他和前一陣子相親的對象算是交往中的狀態。女方前往海外留學半年，兩人靠通信聯絡。

會不會因為算是陷入愛河之中，使得山田看不到老婆婆；我也因為別的理由（因為經濟稍微充裕了些？）而變得看不到，其實老婆婆仍在這家店裡，但其他員工因顧慮山田先生而沒說——

不可能會有這種事的，我也沒認真去想。

這樣的話，春婆婆究竟是怎麼了呢？

就在某一天，下午三點多的時候，我跟平常一樣來到店裡，南野先生已坐在中間座位上。

他沒有坐在我喜愛的窗邊位子上，也不是坐在老婆婆固定的角落座位，而是在這個位子上托著腮，一副思考什麼的樣子。視線前端是一張字條。

南野先生抬頭，視線與我對上。

「啊，寺坂小姐，上次真的非常感謝。」

「不客氣。」我心頭小鹿亂跳地回應，接著問：「你在忙工作嗎？」

「這個嗎？」南野先生指著桌上的字條說。

「這個是跟工作無關的。感覺很不可思議──和寺坂小姐聊天時，似乎都是這類的事──」

他是任職於警察署的刑警，工作都是犯罪案件，是一般人無法參與的話題。然而現在他所煩惱的問題似乎不是那類案件。

我用眼神示意「可以給我看看嗎？」他便把字條拿到我這裡。上頭只寫一行字，而且全是平假名。

「やまなみや　だいちは　ひがし　ひは　みなみ」（註1）

「這是俳句嗎？」我問。雖然看不懂意思，但的確是五、七、五的字音。

「對，可以說是俳句也可以說不是。因為沒有季節語，嚴格來說不能算是俳句。而且吟誦的也不是人類，是機器人。」

「機器人？」

「發明那個機器人的是三田村社長，那人寺坂小姐也認識。」

三田村社長是之前鬧鐘事件的主角，也是我和南野先生相識的契機。現年六十歲、MITAMURA 工業的社長，飄散著一股雲淡風輕的脫俗感覺，相當有魅力的男性。

那時三田村社長表示想自費出版自傳，也在找能執筆寫書的寫手，結果由我獲得

1　此句漢字為「山並み　大地　東　日は南」。

這份工作，從秋天到初冬和社長見了幾次面。社長的人生豐富精彩，稿子進度很快，也找到有良心的出版商，完成的樣書幾天前完成並送來我家。這件事先放一邊，

「機器人吟誦俳句？」

「對，而且在這件事上發生了不可思議的事。」

南野先生說完，皺了下眉頭。

「講到這個，聽在寺坂小姐耳裡像是希望妳能替我解開謎團。事實上，會來這裡或許是我內心本來就有這樣的期待，即使是下意識過來的。」

聽到這句話，與其說開心，我內心其實是很落寞的。

之前幾次和南野先生聊很久，主要都跟剛剛一樣是跟什麼謎團有關。然後我解決了那個謎團，這是南野先生的目的。

我也對南野先生說其實是春婆婆解決的。當然不可能說對方是幽靈，而是向頭腦聰明的老婆婆請教——只有這樣。

然而，不論我怎麼解釋，南野先生對「請教對象」的存在都半信半疑。也是因為他沒實際看到本人吧。而且即使想介紹，他也沒辦法看到老婆婆。

我對南野先生有好感。覺得他很有魅力，可以的話，希望兩人能夠比現在更親近。說不定、搞不好，他對我也抱有好感——我也不是沒有這樣的念頭。

可是，每次想到這裡，就不禁認為「如果真是這樣的話，八成是高估我自己了」。

「啊，抱歉，我沒有注意。不介意的話請坐。」

似乎誤會了我表情一沉的原因，南野先生連忙說。

「如果寺坂小姐有時間的話，想跟妳聊一聊。」

「啊，不，我當然願意聽——可是我也幫不到什麼忙。」

我真心地這麼說，並在南野先生對面坐下。畢竟很開心能和南野先生聊天，而且也很在意關於三田村社長的那件奇異事件。

熟面孔的大塊頭女服務生端水過來。今天沒見到山田店長的身影。

「三田村社長熱愛發明東西，這個寺坂小姐當然也知道吧。」

南野先生開始娓娓道來。以下是接下來的內容。

2

喜歡發明的三田村社長最近熱中於每年一月所舉辦的機器人大會。

那是由機器人比賽各種技藝的競賽。有分學生組和一般大眾組，讓機器人執行特定的任務或讓機器人對決等等的各種競賽。三田村社長今年參加的已經是第三屆。

「雖說是機器人，但不是用兩隻腳走路的那種。下半身是輪胎，外形並不怎麼像人類，可以想像成能夠自行移動的遙控車，並觀察周遭狀況做出判斷。

這種機器人每一臺都需通過體育場所設置的比賽關卡——斜坡或又窄又彎曲的賽道上的闖關項目，最後到達平地吟詠俳句。在機器人的頭部（姑且當作頭部）裝有光學感應器，從彷彿安裝在臉部的喇叭大聲地吟誦出來。

以行走項目與完成的俳句結果來決定優勝者，似乎是大會的主題。」

聽了這些，我仍然似懂非懂。

「那麼，為什麼是吟唱俳句呢？」

「我也不知道。」南野先生聳肩答道。

「又窄又彎曲的項目是取自於松尾芭蕉的『奧之細道』嗎？」

「這部分我就不清楚了。重點是有這麼一種競賽，而且有覺得有趣而來參加的個人或團隊，大會至少成立了三年仍持續存在著。」

機器人吟詠俳句。顧名思義，就是機器人自己吟詠當場做出來的句子。

並不是製作者製作俳句讓機器人背誦。俳句的審查員是著名的俳句詩人，而那位大師追求的是「機器人特有的自由發想與即興性」。

將一般完美的俳句事先安裝進去，大師給予的評價也很普通。因為製作者只是將詞彙語言登錄機器人辭典裡，機器人隨機地挑選並組合起來。一般來說是這類的系統。

機器人本身似乎只能理解將文字數量排列成五、七、五，再加入冬天的季節語，所以完成的俳句是天馬行空毫無邏輯可言的，但審查員大師卻比較喜歡這種的。

當然，亂七八糟的句子也不是什麼都好，大師給予高評價的是即使同樣是天馬行空的內容卻很有品味，有股莫名的邏輯，足以讓參加者心悅誠服的「韻味」。那個源頭結果是取決於選擇登錄在辭典裡的詞彙的品味。

「這個俳句的部分，或是行走項目的時間，三田村社長和另一位參賽者的成績非凡，過去爭奪過兩次的冠軍，但這次卻——」

「三田村社長的機器人，吟誦出的是沒有季節語的俳句。」

「對。內容天馬行空是無所謂，但因為很重形式，只要出現多餘的字或沒有季節語就會馬上出局。」

「是軟體方面出問題嗎？」我說。「社長有說什麼嗎？」

「不，妳知道社長正在住院中嗎？」

「什麼？」

「看來妳還不知道了。大會是在昨天舉辦，而社長三天前的下午出了車禍。」

「請問——」

「倒也不是嚴重的意外。社長走在人行道時，被亂衝的自行車撞倒，左手骨折而已，因為是單純骨折很快就能治癒。」

聽到他這麼說我安心了。

「雖然當天就能出院，但醫生說還是要做個腦部檢查，順便檢查身體其他地方，所以好像要住到明天。」

我想起自傳樣書送來的那天，社長有打電話過來。時間是在三天前，記得是上午十一時左右。幾小時過後社長就出車禍了。

「也就是說，機器人大會——」

「社長沒有出席。可是就算他沒出席，應該也是沒關係的。

大會用的機器人基本上社長一個人製作而成的，但結構部分是由年輕員工島村先生負責協助。會場的最終調整行程上沒有他預定要做的事，所以社長不出席也沒問題才對。社長本身也同意這樣，所以在大會前一天傍晚，他在醫院和兒子說話時談到這件事。

其實社長的機器人動作很敏捷，行走時間是第一名，大幅領先其他的機器人。即使如此，卻仍在俳句部門算失去資格，由另一個優勝候補榮登冠軍。

島村調整的只有結構，完全沒有碰到辭典或俳句用的程式。可是他後來調查後，卻發現程式有被動了手腳的痕跡。機器人並不是隨機選詞彙，而是以特定的詞彙特定的順序排列——指定機器正確無誤地吟詠出那十七個字。」

「到底是誰做出這種事？」

「問題就在這裡。」南野先生說。「是誰，又是怎麼做的？而且目的是什麼——特定的這十七個文字，究竟有什麼意義呢？」

3

「總而言之，我想請教事件當時的狀況——」

我說，雖然就算問了心裡也沒有頭緒。

「最後一次確認機器人的辭典等與俳句有關的程式是否正常啟動，是什麼時候呢？」

「大會前一天的正午，島村先生和三田村社長進行行走測試。

這時也進行俳句的綵排，據島村所說機器人這時吟咏的俳句是正常的。也就是說，俳句的意思雖然亂七八糟，形式卻是正確的。」

換言之，在大會前一天的正午，機器人還沒被動手腳。

「測試結束後，兩人就帶著機器人去社長室，收到社長室裡頭的隱密房間裡。」

什麼？

「你剛剛說——隱密的房間？」

「嗯，社長室裡有這樣的房間。」

南野先生泰然地說。

「我想寺坂小姐應該也知道那間公司吧。空間很深，社長室位於最裡頭。」

「嗯——」

「為的是如果社長在房間裡遇到不想見的客人時的狀況。當然還有假裝外出這一招，只是如果客人堅持要等他回來且一直往裡頭走時，就沒有地方可逃了。因為無法避開客人逃出去，乾脆躲起來算了。

隱密的房間就是為此才存在的，而那房間在社長室裡頭，建築物的最邊緣。社長室其中之一的櫥櫃是祕密入口。」

聽到這原因我有點愕然。若是為了逃避不想見的客人，就算不特地設置一間隱密房間也有其他辦法吧，像是從窗戶溜出去之類的。

我猜，他就只是想做一個隱密房間的祕密入口吧。畢竟三田村社長骨子裡就有這種天真的部分。

「這裡有個重要的關鍵。隱密的房間入口設計成櫥櫃，所以非常窄小。

三田村社長可以輕輕鬆鬆進出，因為他身形纖瘦。我大概沒問題，女生大致上也沒問題吧。可是若是壯碩的大塊頭，比如摔角選手或足球選手般的體格，都無法進到裡頭。」

將機器人收進那間隱密的房間裡頭後，社長安心地說了「我去買一下相機底片」然後就外出。島村也回到自己的部門，服務臺也暫時沒有訪客。

這時候據說社長的兒時玩伴，黑沼精機的社長黑沼先生沒預約就突然來訪。這人正是機器人大會其中之一的冠軍候補，事實上前天抱走冠軍的就是他。

「聽到社長應該很快就回來後，說了『那我等他』，就進到社長室裡。黑沼先生因為某個原因，和社長是亦敵亦友的微妙關係。總而言之，他經常進出社長室，老練的女員工毫不猶豫地帶他入內，並端茶招待。

然而社長卻遲遲沒有回來。當時他被自行車撞到而送進醫院，但沒人知道。因此，黑沼先生單獨一人待在社長室裡。

「那位黑沼先生，」我插話進來。「體格是像摔角選手或足球選手般的人嗎？」

「妳猜得沒錯。據說他是身高一百九十公分，體重也破百的巨漢。

因為社長室的門是關著的，所以黑沼一個人在裡頭做什麼不得而知。總之，待了三十分鐘左右，等得不耐煩便回去了。」

若只是這樣的話還挺正常的——

「那個，」我說。「先不管他是否能進到隱密的房間裡，重要的是黑沼先生想辦法拿到三田村社長的機器人了吧。」

「對。」南野先生回答。

「這麼一來，他自己就能改寫機器人的程式囉？」

「島村先生是這麼說的。將機器人接上社長室的電腦，只要懂得程式技能都能改寫，不用輸入密碼，黑沼先生完全辦得到。」

「在機器人被收進隱密房間到隔天大會之前的這段期間，除了黑沼先生以外，還有沒有人進到社長室裡呢？」

「上班時間中社長室的門不會上鎖，但前面有祕書室，會檢查進出的人。所以很清楚大會前一天進出社長室的，只有端茶給黑沼先生的女員工和雄一先生——社長的兒子。雄一先生是接到醫院通知，來公司拿社長的健保卡以及必需用品，因此也沒有留意隱密的房間或機器人的狀況。

上班時間一過，社長室就會上鎖，大樓入口也會有夜班警衛駐守。聽說是從以前就在 MITAMURA 工業工作，專門負責守衛的人物。所以不可能有可疑人物潛入公司。

隔天一大早島村先生拿出機器人，帶到大會會場。之後發生的事就跟我說的一樣。

意思就是說——

「最有可能在機器人的辭典上動手腳的人，只有兒時玩伴兼宿敵的黑沼先生而已。是這樣嗎？」

「是的。其他『有可能下手的人』有女職員、雄一先生或島村先生，可是每個人都沒有動機。」

「黑沼先生有動機——」

「對，而且他不只是機器人大會的競爭對手，在其他方面也是有動機的吧。我是這麼想的。」

「可是那人根本無法通過祕密的入口——」

思量再三後，我開口說。

「對對，問題就在這裡。」

南野先生大大點頭。

「這就是棘手的一部分。另一個部分就是那俳句的意義。關於俳句的意義，雄一先生認為會不會是黑沼先生做的暗號呢？雖然不知解開暗號的方法，但覺得應該是要傳達什麼的暗號。

在談這件事之前，必須說明社長和黑沼先生的關係。我盡可能長話短說。」

4

以下是南野先生對於三田村社長與黑沼先生（這位也是社長）關係的介紹。

兩人原本是兒時玩伴，而且唸同一所小學。無論體格或性格都是對照的——少年三田村當年就是瘦小且天真爛漫的孩子，少年黑沼則是健壯的大塊頭，動不動就生氣的類型。由於兩人都愛玩機械所以變成好朋友，高年級的時候，兩人隔著校園各自從不同的建築物玩「通訊遊戲」。他們所製作的無線通訊機當然不是真正的無線電，充其量不過是發出吵雜高音的裝置，總是讓老師或同學蹙眉以對。

這個插曲也出現在社長的自傳裡。但那時的「好友」名字並未在文中出現，我對於這件事曾經覺得很好奇。

後來黑沼家的生意失敗，舉家搬走。兩人偶然再度相遇是在大學三年級時——青少年的黑沼為了升學來東京，住在遠方親戚家中，家中有個年紀幼小的女兒。那小女孩比他們小一歲，名叫愛。

「是三田村社長的夫人嗎？」

社長的自傳開頭就有「致　愛」的獻詞。本文也花了很多頁在回憶兩年前過世的夫人。

不過，我記得自傳中寫到三田村社長和夫人相識，是透過「友人的介紹」。

愛女士並不是黑沼青年的戀人。話雖如此，在黑沼青年熱烈追求下，愛女士也不討厭他，順利發展下去變成戀人的可能性很高，兩人似乎散發這樣的感覺。如果三田村青年沒有登場的話。

結果，愛女士決定和三田村青年邁向未來，三田村青年對此感到抱歉。一般來說道個歉就好了——以他的性格來看應該會這麼做，卻沒有。因為他告訴黑沼青年自己與愛女士的事，正想要道歉時，黑沼青年卻說了這樣的話。

「畢竟你是要當社長的人嘛。」

這一句話惹惱了三田村青年。兩位青年的境遇不同——一位是社長的兒子，另一位是窮學生，這是不爭的事實，但愛女士的決定跟這件事無關。所以自己絕不能道歉，這不是為了自己的自尊，而是為了愛女士的名譽。

「他似乎認定是這樣——雄一先生這樣說。他並非直接聽到社長這麼說，而是綜合雙親那裡聽來的話，猜到大概是這樣。」

之後黑沼先生自己創業成了社長，現在兩人也是朋友，但早已種下了心結。

黑沼先生心中其實埋怨著三田村社長，另一方面，社長也曾經因為某件事情而偷偷懷疑黑沼先生。

「其實說是某件物品更恰當，據說是一張照片。」

那是愛女士二十歲時，穿著母親的和服所拍的照片。為影中人而感動的黑沼青年以「認識的美術學生想要畫肖像畫」的名義借了這張照片，但之後因為附近的一場火延燒到愛女士家，燒毀了一部分，照片底片和那件和服也都失去了。

另一方面，那位美術學生和藝妓私奔而行蹤不明，這世上唯一洗出來的那張相片也消失無蹤——就是這件事。這件事剛好發生在三田村青年登場，與愛女士心意相通之時。

會不會照片其實是在黑沼先生手上？那只是諷刺愛女士變心（從他的角度來看應

該是吧），其實是他說謊故意不還呢？已故的愛女士不這麼認為，但三田村社長卻如此懷疑。即使懷疑，也不可能當面質問他。

「母親大概很捨不得那張照片吧。因為只要看見那件和服就像看見母親的身影一樣。」

社長兒子雄一先生這樣告訴南野先生。雄一先生自己雖然也懷疑照片是不是黑沼先生拿的，但真相究竟如何卻不得而知。

「狀況挺複雜的呢。」我輕輕嘆氣說。「這兩位是機器人俳句大會的冠軍候補，也就是對手。」

這樣的話，黑沼先生被懷疑是嫌疑犯也理所當然的。

整件事情從過程來看，黑沼先生非常有嫌疑。像是一個人在社長室的機會，以及改寫程式的技術，而且他與社長也有長年的私交。

很難想像是機器人大會其他參賽者所搞的鬼。不禁讓人覺得他的目的之一是「讓社長的機器人失去參賽資格」，假設這件事成功了，黑沼先生就有機會獲勝（事實上也獲勝了）。另一方面，若真是他動的手腳——

「如果是黑沼先生動的手腳，」南野先生說。「目的應該不是在機器人大會上獲勝吧。如果只是這樣，還有更單純的方法。」

我點頭附和，的確是這樣沒錯。

「這種狀況下，不需要特別指定機器人吟誦俳句時不讓它使用季節語之類。既然是特地指定的，表示那句俳句裡有什麼意義──不得不這麼想。」

「是暗號嗎？」

剛剛南野先生也這麼說。雄一先生既然如此認為，那是什麼暗號大概心裡也有底。

「對，那也跟那張照片有關。黑沼先生把那張照片藏在某處，或是才正要藏起來，想找到照片就得解開暗號──是不是這樣說呢？」

我重新仔細看剛剛那張字條。

「やまなみや　だいちは　ひがし　ひは　みなみ」

的確有這樣的味道。也有方位，看起來是藏了什麼東西的地方。這俳句也令人聯想到與謝蕪村的俳句「菜の花や　月は東に　日は西に（註2）」。

「順帶一提，機器人似乎發音得很正確，也會跟俳句一樣停頓。」

「即使如此，」我說出忽然閃過的想法。「若跟雄一先生說的一樣，是跟照片的事情有關的話──」

「怎麼了嗎？」

「這麼多年來偷偷拿著照片的黑沼先生，為何現在會突然要他去找呢？」

「上次那本書會不會就是原因呢？」

2　大致意思是：放眼望去一大片油菜花田，月亮自東方升起，太陽仍掛在西方的天空中。

「那本書？」

「寺坂小姐幫忙寫的社長自傳。」

「啊！」

「社長室裡有當天送到的那本自傳，黑沼先生一個人待在那裡時，應該不難想像他會拿起那本書翻來看吧。

自傳開頭是『致 愛』的獻詞。恬不知恥——從黑沼先生的角度來看可能會這麼想——會不會是他對出版這種書的社長重燃昔日的怒火而開始挑釁。」

的確滿符合邏輯。

「若不這麼想的話，黑沼先生刻意動手腳，讓機器人依俳句吟詠出來的意圖就難以理解了。而且也想不到除了黑沼先生以外誰搞的鬼——那位黑沼先生應該沒進到隱藏房間的這點先予以保留。

就是這麼回事。內容有點複雜很抱歉。若還有什麼不明白的地方，我會就我所知盡量回答妳。」

他邊說邊瞄一眼手表。該回去工作了吧。

「請問，」我連忙問道。「那位黑沼先生，之前知道社長室有隱密的房間嗎？」

「雄一先生說過父親並沒有特別對他提過，可是應該有猜到什麼。我也這麼認為。從外頭來看那棟建築物，以及實際走在走廊上的感覺，如果是敏銳度高的人，看出

『裡頭有什麼』也不奇怪。」

我自己的話，雖然也曾從外頭看 MITAMURA 工業事務所，也從走廊進到社長室過，卻沒想過有隱密的房間這種事。

「還有一個問題。」雖然跟這次的謎團沒有直接的關係，但我想趁這個機會問清楚。「南野先生和三田村社長，究竟是怎樣認識的呢？」

「啊，這件事啊。其實是去年夏天，在別處犯下強盜案的犯人逃到 MITAMURA 工業用地裡。由於那裡的警備很紮實，所以沒釀成大禍。

那時我也去到現場，反正當時發生了很多事，剛好一個契機受到社長賞識。他很看得起我。甚至把女兒介紹給我。」

什麼，介紹給你嗎？我內心好想問他。強盜逃走了「發生很多事」是怎麼回事呢？比起暗號，我似乎更在意這件事，但我不想這麼直接地問他而把話吞下去。

南野先生似乎也把接下來的話吞下，一陣尷尬的沉默瀰漫兩人之間。但其實也只有幾秒。

「抱歉，我得走了。」

南野先生再次看了下手表。

「如果還有什麼不清楚或疑問的話，請隨時來信。真的都是在麻煩妳，很不好意思。」

「沒這回事，若我能幫得上忙的話。只不過——」

「只不過？」

「不，沒什麼。」

常常請教問題的那位老婆婆今天在忙，所以請別抱有期待。雖然我想這麼說，卻終究沒說出口。

「真的很抱歉。告辭了。」

南野先生以刑警靈敏的動作站起來，

5

是的，今天只有我一個人。我坐在南野先生不在的座位上，望著沒有老婆婆身影，甚至連店長山田先生都不在的店內。

如果今天——我打著如意算盤，等等我能解開機器人的俳句之謎的話。

如果成功的話，我面對南野先生時的「挫敗感」等感覺就會消失。就算不至於那麼嚴重，面對他我也一直是很怯懦的。假設，一切只是假設，如果南野先生對我有好感，現實的我離屬於那個形象的我更近一步了。

然而，我也沒忘——「假設」這個前提很有可能本身是錯的——剛剛聽到三田村社長介紹女兒之類的，也令我感到沮喪。

畢竟南野先生直呼社長的兒子「雄一先生」，看來跟他們一家很熟。初次相遇時，也就是秋天時他在這家店和社長談話，當初明明還沒有那樣熟的感覺。大概是那次之後和社長家人變熟了吧──

唉，想這種事也沒用，倒不如試著解看看機器人事件的謎團吧。我把自己罵一頓（當然還有繼續寫稿這個選項）。

待解的謎團有兩個。一是，唯一的嫌疑犯黑沼先生，身為一名巨漢是如何穿過隱密房間的入口呢？此外，有沒有方法能夠不用進去就能拿到隱密房間裡的機器人呢？還有一個是俳句字面的意思。真的是暗號嗎？若真的是，又是什麼意思呢？

關於前者，我馬上想到解答。黑沼先生收買端茶過來的女員工──可是，實在難以想像這樣的可能性。

我造訪多次MITAMURA工業事務所，所以很清楚，那家公司的員工不分男女老少，人人都很喜歡三田村社長。

漫不經心地出門被自行車撞而住院，某種層面上有點令人頭大，但他個性不拘小節不會招人怨，而且至少曾經因為與生俱來的發明長才而拯救公司的危機。

社長的兒子雄一先生和南野先生大概也知道這一點。因此儘管理論上，女員工或島村這名員工有可能犯案，卻因「沒有動機」這一句話而輕鬆排除。當然，雄一先生自己也沒有動機。從上次的鬧鐘事件，也很明白他多麼敬愛自己的父親。

MITAMURA工業的所有人，應該不會去改寫社長精心設計的機器人程式。另一方面，外來者接近機器人的可能性——至少，能靠近社長室的果然只有黑沼先生而已。

有沒有不必他自己進到祕密入口去，也不收買女性員工，就能拿到機器人的方法呢？不過，機器人體積並不小，黑沼先生也沒帶什麼工具。他在沒有半個人的社長室待了長達三十分鐘——畢竟事前應該是無法預料到這個替機器人動手腳的好機會。社長當時出門且在出差地出車禍，完全是偶然。

他是如何做到的？究竟是怎麼回事呢？

好像已經有什麼靈光一閃，卻無法抓住；這感覺彷彿是我就站在隱密房間前，卻不得而入。

因為想不到解決之道，轉而思考另一個謎團，也就是帶有暗號的俳句訊息。我把南野先生留下來的字條拿到面前，再次仔細凝看。

看起來真的是在顯示某個隱藏地點。或許是因為方位有兩個，仔細想想充其量只是「暗號」，才會隨意聯想到是「寶藏地點」。

首先是開頭的「やまなり（群山）」，指的是什麼呢？地點像是東京郊外的感覺，聯想得到的是丹澤的山岳吧。

順帶一提，非關東人的我和「丹澤」這個地名第一次接觸，是起始於江戶川亂步的少年偵探團系列。記憶中怪人飛過東京的夜空，最後消失在「丹澤山岳的方向」這一段。

丹澤山岳這響亮的名詞、怪人消失的地方、以及與夜晚的畫面連結，令孩子內心隱約覺得那是不祥之地。這件事先放一邊——

如果「やまなみ」是指丹澤的某處，東邊就有關東平原，所以「だいちは　ひがし（有大地在東邊）」的連接感覺也是有道理。那麼，「ひは　みなみ」又是什麼意思呢？

在一些給兒童閱讀的讀物中，常常會出現利用影子的暗號。某個季節的某個時間裡，樹木或什麼東西的影子落下處（或以這裡為起點走十步的地方），挖掘那個地面，於是寶藏就出現——一貫的手法。

這暗號也是屬於同一類的吧？但上頭卻沒指定確切的時刻。儘管有顯示方位的詞彙，也沒有類似「樹木」的基準點。

無論如何不可能是「丹澤群山影子落在關東平原的那個前方」（不曾聽過規模這麼大的暗號）。此外，將「ひは　みなみ」套用在文字上，就是正中午，幾乎看不到影子——至少，沒有暗示有長長延伸的一點。

「ひがし（東）」與「みなみ（南）」如果是相反的話，還能想到其他的意思。「ひ

は　ひがし（日出東方）」的話指的就是早晨。既然不是南而是東——想到這裡，「ひがし」與「みなみ」的音類似，並且發現若只拿掉母音的話，就是相同的組合。

我邊想邊看著整句俳句，發現這首俳句竟然有那樣的傾向——

「寺坂小姐。」

這時有人從旁叫喚我。男人的聲音，而且這聲音有點不尋常。

我緊張地看過去，桌子旁站著一位陌生男性。穿著不知道是濃烈光澤的灰色，還是銀鼠色呢這種感覺的襯衫，以及同樣具光澤的茶色外套。芥末黃的條紋領帶，黑色長褲。

寬而壯碩的肩膀上，有一張稱不上帥氣、顏色蒼白的長臉。原來對方並非陌生男人，而是穿著便服的店長山田先生。

「抱歉，突然叫喚妳。」

「不會——怎麼了嗎？看這身打扮，今天休假嗎？」

「我今天的確是休假。為了買衣服之類的，去了站前的百貨公司——」

總之先坐下吧，我邀他坐在我的對面。

「因為沒找到一件適合的就這麼離開百貨公司，這時碰到了澤渡太太。」

「澤渡太太？」

「妳不認識嗎？她是這附近大有來歷的名門人士。」

「那麼大有來頭嗎？」

「啊，關於她的來歷又是另一件事了。先說說尋寶的事情──」

「尋寶？」我口氣有些責難地問道。

「那位太太其實是，」山田先生把話題拉回來。「是從幸田家嫁過去的，也就是春婆婆的女兒澄子。我看她魂不守舍地，彷彿看到鬼般鐵青著臉走來，上前關心說妳不要緊吧，然後──」

「然後？」

「她竟然說看到了幽靈。」

「欸？」

難不成是──

「也就是說，她看到了春婆婆。以澄子的立場來看是娘家的母親，這一陣子似乎都出現在澤渡家。」

6

「其實，我成為這家店的店長時問過春婆婆，我偶爾見得到春婆婆這件事不告訴令郎令嬡可以嗎？」

「她怎麼說呢？」

「她回我『不說比較好啊』。她說兒子現在應該不想被母親說教吧，女兒膽子很小，不會想看到幽靈。而且若跟她丈夫說看到幽靈的話，說不定會要離婚。」

「對方是那麼嚴格的人嗎？」

「應該說是嚴格呢，還是被說幽靈之外的執著給纏身了吧——」

顯然是跟剛剛的「尋寶」話題有關的話題。雖然我也很好奇，

「那麼，意思就是說，春婆婆出現在如此嚴格的澤渡先生家——也就是女兒的婆家囉？」

去年年底，春婆婆曾對我說，幽靈能夠出現在跟自己有切身關係的地方——自己曾經居住的地方，不然就是死亡的地方。

「春婆婆既不住在那裡，也不是在那裡死亡的吧？」

「妳說得沒錯，她是在與兒子居住的公寓裡過世的。」

可是她卻不是出現在那棟公寓，而是這家店。因為這地方曾經是春婆婆出生成長的地方。

若相信春婆婆說的話，出沒在女兒夫家是特例，也很不自然（不過，二十年前已死亡的人出現在這世上本身，也屬特例以及非自然）。

「我也不清楚究竟是怎麼回事。但這幾天春婆婆去了澤渡家是千真萬確的事實。從

澄子小姐臉色來看，春婆婆最近大概不會過來了。即使是幽靈，也無法同時出現在兩個地方。」

「春婆婆一整天都在那個家中嗎？」

「不是，據說春婆婆出現的時間一定是過了晚上八點的時候。似乎剛好是丈夫沐浴的時間。晚餐是六點半，沐浴是八點，只要沒特別的事待在家裡時，從以前就會遵守這時間。

感覺他是個難搞的人。春婆婆避開澤渡先生出現在女兒的面前。」

「那麼她跟女兒好好聊過了嗎？」

「不，關於那個——」

據山田先生所說，出現在女兒身邊的春婆婆和來店裡的狀況不一樣，應該說，幾乎完全無法出聲說話。

她出現時彷彿奄奄一息般，極度疲憊，所以只能待在那裡幾分鐘。她在那段期間是以比手畫腳的方式，傳達每一個單字的意思。

出現在非自己居住或死亡的地方，對幽靈而言，這或許是得非常需要努力的。這跟活生生的人類攀登高山、潛入深海一樣辛苦。

「一開始的時候似乎連這樣都不行。」山田先生說。「前三天真的只是出現而已，澄子嚇到無法呼吸的短短時間內就消失了，但停留的時間慢慢變長，似乎是從前天開始可以比手畫腳。」

「春婆婆說了什麼事呢？」

「前天晚上是『和也』。」

「什麼？」

「『和也』是澄子的兒子，也就是春婆婆的孫子，是澤渡家的獨生子。據說春婆婆一直指著放在客廳裡的和也的照片。

他們沒有一起住——他已經離家出走了。約二十年前左右，就在春婆婆過世前不久。和也先生還是高中生的時候。」

「春婆婆是想要傳達關於那位孫子的事吧。」我說。「接著呢？」

「接著昨晚的是『字條』。」

「字條？」

「春婆婆一直做出似乎在寫什麼的動作，澄子小姐問：『信嗎？』，她豎起一根手指意指『很接近』。」

有點像是某種餘興節目會做的比手畫腳遊戲。

「然後澄子小姐頓時聯想到而問說：『字條嗎？』春婆婆滿意地點頭，樣子疲憊地消失。這也是昨晚發生的事。」

和也。字條。究竟是什麼意思呢？

「這一點與和也先生離家的原因有關，也跟剛剛我稍微提到的『澤渡家的尋寶』有所關聯。」

「那麼究竟是——」

「也不能花太長的時間，我就長話短說吧。」

前不久南野先生才講了相同的話。

「重點就是這個，澤渡家雖是名門望族，但如同名門常常會發生的，說得白一點就是財政每下愈況。

澄子小姐的丈夫有位叫做亮之輔的叔父。他很會闖禍，是家族中令人頭疼的傢伙。後來，他遠渡南美創業，累積了頗豐的財富。

這位亮之輔叔父某一天，在和也先生還唸小學的時候，忽然回到日本。據說他將南美洲的公司高價售出，但卻沒在這裡買豪宅，住的地方小而美卻是租的，服裝打扮雖然很高檔卻總是穿同一套，算是過著樸實的生活。

當人家問他錢的事，他就悠哉地抽著雪茄說『我把錢換成寶石了。那樣體積比較好處理』。如果別人說，這麼貴重的寶石想看一看養養眼，他就會回『我放在外甥那裡了，因為他耿直謹慎，所以我很放心。』

聽到這件事的外甥，也就是澄子小姐的丈夫大吃一驚。他不記得對方有交給他這樣的東西。然後，仔細想，那年夏天，全家三人出外避暑時，亮之輔先生曾說『這樣家裡不安全』，就突然很熱心主動提出要替他們看家。

是不是在那裡把寶石藏在家中呢？在庭園裡挖了洞藏起來。因為自己住的地方是租來的。於是他詢問叔父這件事，但他不置可否，只是抽著雪茄：『這個不好說。』

之後澤渡先生再三詢問『請說出你到底埋在哪裡。不然的話我也會不安寧。我絕不會偷偷挖出來的。』過了好幾年後他生了病，就在這時候，

『關於那件事情。』

他把外甥渡澤先生叫到床畔，然後交代：

『我把祕密告訴和也了。』說完這句遺言就過世了。

據說葬禮事宜結束後，澤渡先生把和也叫來詢問，大叔父是不是告訴他什麼？他有告訴你重要的東西藏在哪裡嗎？

當時已是高中生的和也回答似乎是：『或許說了吧，但那是小學時候的事，所以不太記得了。』

澤渡先生很生氣地斥責和也，而他自己下個星期天就一大早開始在庭園挖寶。接下來的下星期與下下個星期也一樣。

雖說澤渡家庭園用地雖廣，畢竟是私人宅邸面積有限。一個月兩個月這樣到處挖寶，寶石就是不出現。

或許不是在庭園裡而是在家中某處，真的不記得了嗎——某晚，澤渡先生為了詢

問這件事而上樓到兒子房間時，卻已人去樓空。據說和也先生的衣物及從小存零用錢的銀行帳簿不見了，書桌上留下一張字條。

上頭寫了一行字母、數字和記號。或許有什麼意義，或許和寶物隱藏的地方有關——儘管這麼想，卻沒有任何人能解開而放到現在。

穿著男公關服似的山田先生（話雖如此，我沒去過男公關場所，也不太清楚是怎樣的衣服）話說到此停下來。

「澤渡家因為這段緣由而在那附近變出名嗎？」

我問道。畢竟山田先生一開始說「因為尋寶而出名」。

「男主人似乎在找什麼親戚留下來的寶物——甚至傳成這樣。畢竟二十年後的今天，在在天氣晴朗的時候仍常在庭園裡挖東挖西的。還說總有一天會挖到沒處可挖。

可是附近的人老實說都沒當真，且詳細情形——和也先生的字條之類只有自家人才知情。雖然我也是初次聽說，父親在幸田家工作，我從小就受到澄子的疼愛，所以她才把這個祕密告訴我。」

澄子小姐當然也跟當時尚在人世的娘家母親——幸田春婆婆說了這件事。

「你覺得，春婆婆最近出現在澄子小姐面前，會不會是為了解開那個字條的謎團嗎？」

「應該是吧？以春婆婆的個性，和精明的頭腦來看。」

我也覺得很有可能是這樣。即使春婆婆解開其他人解不開的暗號也不訝異。
「為何是現在?都過二十年了?」
「誰曉得?我也不知道。無論如何，春婆婆今晚大概也會去那裡。所以，今晚八點我會拜訪澤渡家。」
「山田先生要過去嗎?」
「嗯，今天澤渡先生會晚歸。就算丈夫在沐浴，他仍在家中，家裡若沒半個人會有點——這是澄子小姐說的，因為單獨一個人面對幽靈會很害怕。」
自己的母親有那麼可怕嗎?我有點不解，幸運的是我父母都健在，這點我也沒資格多說什麼。
「那麼說不定今晚就能知道寶藏的去處嗎?」
「對，就算不是今晚也有一點可能性。
可是，對我來說重要的是，只要成功傳話給澄子小姐的話，春婆婆一定又會回到本店了。我也想告訴妳這件事，說不定妳會來店裡，所以便先繞過來這裡一趟。」
「真是非常謝謝你。」
在山田先生眼裡，我似乎特別受春婆婆喜愛。老實說，老婆婆主動跟店裡的客人攀談，甚至為我解開惱人的謎團，可見得我真的特別受寵，但為何是我呢?多番思索，至今仍不得而知。

「若妳對今晚發生的事有興趣的話。」山田先生說。「八點半左右如果妳在店裡，我就過來報告。因為我會從澤渡家繞過來這裡。」

就拜託你了，我說。好一陣子沒見到春婆婆，我也想聽聽她的消息，也很在意澤渡家尋寶的來龍去脈。

我並不只是抱著看好戲的心情而已。如果今天老婆婆解開暗號的謎團，這樣或許能作為參考——腦中閃過這想法。我指的當然是南野先生跟我談的那件事。

雖然我不清楚和也先生的字條是怎樣的狀況。這麼一想又覺得自己很沒用。畢竟我這次要獨自解謎讓他瞧瞧——因為剛剛已下定了決心。

7

回家後，聯絡工作事宜、整理資料，再度前往餐廳已經快到晚上八點了。

山田先生已經在澤渡家待命了吧。雖然知道他過來報告狀況的時間會很晚，但我仍想仔細思考一下剛剛的俳句機器人事件，所以才來這裡的。

下午，山田先生找我之前，從那個俳句我留意到某件事。後來進行確認發現的確是這樣沒錯。南野先生那張字條上的平假名，十七個字全只有「あ段」與「い段」的文字。

話雖如此，我也覺得只是單純的偶然。畢竟，只用「あ段」形成的詞彙很多，只有「あ段」、「い段」的組合也不少。「好悲傷（かなしいわ）」、「美麗的山嵐（いいやまあらし）」、「石頭（いし）」等等。動物的話有「海豹（あざらし）」，形容詞的話有「喜愛（あいらしい）」——

想到這裡，某個念頭閃過腦海。

我抓起放在旁邊的背包，拿出一本書。是我執筆的社長的自傳。或許會有什麼幫助而從公寓拿過來。

打開封面，翻開折頁和扉頁。白色頁面的正中央寫著「致 愛」的獻詞。

三田村社長過世的夫人是黑沼先生年輕時愛慕的對象，那位的名字是「愛」，若是俳句則全是母音的「あ」「い」。這是巧合的吧。不，不可能有這樣的巧合。

機器人所吟唱的俳句，肯定是故意只用「あ段」「い段」的文字連接起來。這樣的話，隱藏在俳句裡的訊息是什麼呢？

如果不論是單字或文字本身沒有意義，而只注意「あ段」、「い段」呢？是這麼回事嗎？與其說是平假名，更像兩種類的記號。有沒有只用兩種記號就能傳達訊息的方法嗎？我記得有個很有名——

我翻閱著社長的自傳。有一段是他和小學時代的朋友（其實是黑沼先生）發生的小插曲。他們兩人各自在隔著操場兩端的建築物裡，玩「無線電遊戲」。

無線電遊戲使用的是——摩斯密碼？

我拿出電腦和手機，連上網路。在網路上類似大百科的網站上，找到「和文的摩斯密碼」一覽表。

不曉得是不是正確的，但應該試試將那個俳句全部置換成「あ」、「い」兩個文字，再置換成一個用「—」另一個用「・」，試著代入一覽表。先將「あ」換成「—」，再將「い」換成「・」。若這樣不行，就返過來試試。

やまなみや　だいちは　ひがし　ひは　みなみ

「——・—」「—・・—」「・—・」「・—・」

試著代入密碼表，分別是「真」「的」「很」「抱」「歉」。

真的很抱歉。

出現了具有意義的詞彙——賠罪的訊息。

老實說我嚇了一大跳，慎重起見我反過來代入試看看。將「あ」換成「・」，將「い」換成「—」。

這樣就變成最初的五個字是「・・・—・」，但沒有適合的文字。硬要說的話，區分成「・・—」「・」變成「ク」、「へ」，或是「・・・」「—・」則是「ラ」、「タ」

但都不是具有意義的語彙。

不過機器人在詠唱俳句時，會依照字條上的斷句發音，所以應該還是要放棄這個可能性。

隱含在俳句裡的訊息，和最初的是對得上的。這樣的話究竟是怎麼回事呢？

8

「——根據以上的調查，機器所吟詠的俳句是『真的很抱歉』這五個字。

我個人的想法是，這俳句的訊息不是黑沼先生給三田村社長，而是三田村社長給黑沼先生的。不論是從內容或社長自傳的獻辭——『致　愛』，都暗示了需將俳句的文字置換成『あ』、『い』。可以說是暗號的關鍵鑰匙。當然，並非一開始就有這種打算才寫自傳的，應該是後來加上去的吧。

這個意思當然是『對不起，我搶走了愛小姐』，這個從未說出口的歉意吧。為何事到如今才道歉，我想應該還是因為自傳的出版吧。

大會前一天的傍晚，在醫院聽到兒子講起那天發生的事。聽到黑沼先生來社長室，第一個想到的就是來拿自傳。

儘管社長從未向黑沼先生道過歉，內心卻一直感到愧疚。因此過去的好友黑沼先生的名字從未出現在自傳中，和愛女士相識的原因也模糊帶過。本來應該是最不想讓黑沼先生看到自傳的。

自傳不巧就放在社長室裡，黑沼先生單獨一人待在裡頭三十分鐘。對於那時的惡行不覺得有錯，也認為是上天的安排——這樣說的話就有點誇張，但感覺社長似乎還是會認為『果然是自己不對』。

沒有考慮到黑沼先生的心情，而且對他而言，這樣算是偷偷摸摸地將自己與愛女士的回憶重現出來。況且可以說是他把愛女士搶過來的。對於這一切『真的很抱歉』。

換言之，調換機器人腦部程式的犯人是三田村社長，我是這麼想的。

社長很有可能犯案。雖說他住院了，只是手臂受傷、當天就可以出院的輕傷。大概是半夜偷偷溜出醫院，就算被責問，只要他說『這是不得已的狀況』，也不會生氣地硬要阻止他吧。

從機器人大會的前一天下午到當天早上之間，進到社長室的人只有黑沼先生、女員工和雄一先生而已——據說是這樣，這是祕書課員工的證詞，而且都是在上班時間。

除此之外，就算半夜社長大搖大擺從大樓正面進去（雖有夜班警衛在，但並不是可疑人物而是社長，當然可通行。此外，的確沒有求證夜班警衛的證詞），自己打開社長室的門鎖。這樣的話就非常說得通了。

他從隱密的房間將機器人拿出來，連上自己的電腦並改寫程式。左手臂被固定住或許不容易活動，但最後仍然達成了吧。

我認為事情就是這樣。目的是向黑沼先生賠罪，但若直接道歉還是很不好意思；所以他的目的是只要黑沼先生明白他的心意，而其他人以為是機器人這樣吧。

以上就是我想到的真相。雖然無法保證事情就是這麼回事，但我想這是強而有力的解釋。

那麼，若有任何問題隨時聯絡。

寺坂真以」

我將這封信寄給南野先生。

我猶豫著要不要在信末說明「此外，這次的謎團是我自己解開的」，結果我並沒有這麼做。畢竟沒有證據。

做了什麼好事，或做了什麼壞事時，即使知道是怎麼回事，卻「因為提不出證據」而選擇不說——大家是否有這樣的經驗呢？我就有。最後也會因此而被人誤解。離開任職公司的原因也類似這個。

因為某件倒楣事而被懷疑時，公司的人相信大聲主張自己有不在場證明（那人自稱的）的人，而不相信我。其實，後來有聽到傳聞那人似乎才是真凶——

想到這樣的事，我就愈來愈擔心。好不容易解開了謎題，應該要很興奮才對。想著這些事而猶豫不決時，終於看到店門口出現高調的茶色夾克。

「我去了澤渡家。」

山田先生筆直朝我的座位走來，鞠躬後坐下，報告了自己的行程。

「那麼，究竟是怎麼回事？」

他和澤渡夫人一起在客房等待，八點五分春婆婆出現。她的舉止似乎比在店裡出現時還要費勁，來過幾次後似乎是習慣了，模樣不再虛弱，看到山田先生時還露出『你在啊！』的表情，可能是習慣吧，她又馬上開始玩比手畫腳的遊戲。

春婆婆在稍遠處的椅子上坐下來，雙腳併攏，雙手離開膝蓋的上方，十根手指做出敲打什麼的動作——

「鋼琴嗎？」

澤渡夫人顫抖的聲音說。可是老婆婆卻面無表情地搖頭。

「打字機？」

山田先生說，老婆婆這次豎起一根手指。答案似乎有點接近了。

「電腦——嗎？」

婆婆輕輕點頭，不斷重複剛剛的動作，其間還會指著膝蓋的上方。

「電腦的鍵盤嗎？」
這次點頭點得更大力，澤渡夫人歪著頭，
「和也——字條——鍵盤——」
這時，山田先生內心「啊！」地大喊，
「請讓我看剛剛的字條。」
那是澤渡夫人準備好，在等待老婆婆的期間也讓山田先生看了字條。只有一行「NYU4CQ@9」的文字列。
山田先生從自己的包包裡拿出平時隨身攜帶的筆記型電腦。
「因為我有在網路上投資股票。」
或許我露出他與電腦無法連接在一起的表情，所以才會特地解釋。
「包包裡經常都放著筆電，只是不曾在店裡打開過。」
「然後呢——？」
我催促說，山田先生繼續說下去。他在澤渡家拿出筆電。
「將字條上的數字和字母置換成鍵盤上的平假名就好了嗎？」
他向婆婆問道。原來是這麼回事啊，我想。說是暗號也挺好笑，其實就是尋常的文字遊戲——不是有段時期猜謎遊戲常常會出現的問題嗎？
話說回來，這種「尋常的文字遊戲」，是電腦真正普及後這十年的事情。和也在少年離家的時代，一般家庭幾乎沒有電腦或文字處理機。

山田先生向澤渡夫人確認，那時澤渡家的確沒有電腦——雖然現在也沒有，但據說那孩子在學校加入了電腦社團。

將字條上的文字和山田先生拿出來的電腦鍵盤核對起來，出來的結果是「都」「是」「騙」「人」「的」。

其實，都是騙人的——竟然冒出這樣的訊息。

「騙人的？」澤渡夫人茫然不解。「意思是那孩子騙我們嗎？」

「我想並不是那樣。」

領悟到真相的山田先生，代替幸田春婆婆說出真相。

「和也先生的字條的確是他設計出的暗號，但這句話本身並不是和也先生要傳達給父母，而是他聽來的話——小學生時，叔父告訴他的話吧？」

「妳的意思是？」

「我向和也說了我的祕密。亮之輔先生臨終前這麼說。」

他把關於在南美洲賺到的財產換成寶石，藏在這個家中的傳聞真相告訴了和也先生，而真相就是這句話。

亮之輔先生賣掉公司並沒有獲得巨額的錢財。因為他是在破產前處理掉事業，算是鎩羽而歸吧？」

「根本就沒有什麼財產或寶石——」

「亮之輔先生的服裝很高檔，抽雪茄的姿態優雅。既然有機會穿戴那樣的東西，他在南美洲肯定成功過一次。可是生意是活的，不可能永遠如此順遂。

他回國後因為愛面子講了寶石什麼的，但沒想到對方卻當真了，他沒有就此停下來，謊言一個接著一個，再加上偶然的推波助瀾，而演變成那些寶石埋在這間宅邸的狀況。

他只向當時仍是小學生的和也先生坦白其實都是騙人的，和也先生似乎都記得，但亮之輔先生過世後卻無法馬上說出實情。因為他不忍心看到父親失望。而且，嚴格來說，他並沒有欺騙父親。因為父親問他『大叔父有告訴你重要的東西被藏在哪裡嗎？』，他只是回答『我不記得有這種事』。」

聽說說明這件事的時候，春婆婆仍留在澤渡家客房，邊聽山田先生的話邊點頭。

「甚至之後父親開始在庭院裡挖寶，更加說不出實情的和也先生終於受不了而離家出走。

他將真相以單純但在當時並不普通的方式作為暗號記下來。故意寫得令人猜不透是因為沒在第一時間說出真相的愧疚感還是想緩衝一下這件事，又或者——」

而且，因為對父親的憤怒與抗議，而故意設計成讓人看不懂吧。

「我有個直覺，和也先生是不是有時會回來這附近呢？」

據說那時山田先生突然有股衝動，脫口說出這句話。

「和也先生變成了成熟的大人，選擇天氣晴朗的日子回到鎮上，來到這宅邸旁邊，悄悄觀察狀況。

如果，庭園裡沒任何挖掘的跡象，那時他就進家門，向父親道歉，也聽父親的歉意。他做了這樣的打算，到頭來卻折返離開──」

春婆婆也這麼想，說不定他其實口才很好。澤渡夫人默默聽著，時不時用袖子按壓眼頭。

今天真是個奇怪的日子。我不禁這麼想。不只平凡的我解開暗號，山田店長也對親子關係發表了高見。

「我真的吃了一驚，沒想到山田先生會說出這種事。」

旁邊傳來的聲音，令山田先生和我都嚇了一跳。

那位是幸田春婆婆，山田先生剛剛在澤渡家才見過面，而我則是睽違幾週沒見到她了。嬌小的身體一如往常穿著樸實的和服，表情有些疲憊地微笑說。

「真的，我拚了老命出現在女兒那裡也有價值了。」

「山田先生的那個叫什麼呢？支什麼的──」

「支援嗎？」

「對對。我沒想到在不熟悉的地方出現竟然會如此辛苦。身體很重、胸口很悶，甚至還無法出聲。

無論多大仍會覺得自己的孩子是小孩子，一看到就不禁想唸一頓，但那是沒有幫助的，很感謝山田先生解決了我想嘮叨的心情。」

「那是我的榮幸。」

「澄子也真是的，應該要更堅強一點——真多虧今天有山田先生，她也銘感於心，似乎有了勇氣向丈夫表達自己的意見了。非常感謝你。」

「別這麼說，春婆婆您過獎了——」

「我也得謝謝小姑娘呢。」春婆婆一個轉身面向我。「謝謝妳了。」

「咦？可是——」

春婆婆禮貌地低頭道謝，我一頭霧水。可是幾秒後就明白春婆婆的意思，對我而言今天果然是我的頭腦特別有用的一天吧。

「是指我的電腦嗎？因為我平時都在這家店用電腦工作——」

「沒錯。」

二十年前，即將過世之前，春婆婆理應聽說了孫子離開澄子小姐家，並在桌上留下解不開的字條這件事。

字條中一排的英文字母和數字印在春婆婆腦海中，無論是過世之前，或後來變成了幽靈，大家仍不曉得那是什麼意思。

生前的老婆婆本身跟電腦或文字處理機無緣，即使變成幽靈出沒在這家店，因為很少上班族過來，幾乎沒有帶筆電的客人。不久前，身為自由撰稿人的我，以這裡為工作場所時，才第一次接觸到筆電。

一看到我筆電上的鍵盤，平假名、英文與數字並用的按鍵，馬上聯想到是解開孫子字條的關鍵鑰匙。

其實她可以無聲無息（因為是幽靈所以輕而易舉）越過我的肩膀窺看鍵盤——但並沒有這麼做。這代表幸田春婆婆的教養很好。

那麼該怎麼做呢？於是她決定和我做朋友。她注意到我，發現我有煩惱便主動攀談，用與生俱來的過人智慧巧妙地解決問題。

透過這作法拉近跟我的距離，耐心等待能夠自然而然地觀察我的電腦的機會。她並沒有直接提出想要看鍵盤的要求——應該是她沒辦法這麼做。老婆婆就如同很多會插手管其他人的煩惱、自己卻不善於傾訴煩惱的人一樣。

然後在去年底，南野先生寄電子郵件來請教我強盜事件的謎團，當時我把電腦帶到裡頭的角落座位，放在老婆婆面前。

「小姑娘生我的氣嗎？」

一直盯著我表情的老婆婆，眼睛朝上歉然地說。

「沒有。」

我答道。我是說真的。

「畢竟春婆婆只是對我做了那件事而已。」

我並不會沉浸在「她只是在利用我」這種幼稚的感傷中。若在十年前可能會吧。不，五年前或許三年前也會——

「無論和我做朋友的目的是什麼，妳也替我解決了幾個問題，我想那既是出自於好意，也是友情——這說法可能是我一廂情願。」

「不、不是一廂情願。」

「而且，正因為之前見識到春婆婆的解謎方式，才更這麼想。今天，我能解開南野先生詢問的暗號也是多虧——」

「欸？妳說什麼？」

春婆婆興奮起來，於是我向她報告三田村社長的機器人之謎這件事。盡量長話短說。

「很棒啊！」老婆婆興高采烈地說。「那麼，他回信了嗎？」

「似乎還沒。」

其實我已把南野先生寄送的郵件設定成轉入手機，所以只要一回信立刻就知道。

「之前解開謎團的人不是妳自己，而是請教了老人家——妳是這樣跟那位先生說的吧？」

「是的。」

「那麼，妳有清楚告訴他這次是自己解謎的嗎？」

「沒有。」

「為什麼沒有？」

「為什麼沒說？」

不僅春婆婆，連山田先生都異口同聲地責問。

「因為——又沒有我一個人解開謎團的證據——」

「不是有嗎？」

「欸？」

「寺坂小姐寄信的時候已經超過八點吧？」山田先生說。「郵件的傳送時間能夠證明。而且平時請教的對象春婆婆在那時間的前後是在澤渡家。一直在處理別的問題，所以沒接電話。我隨時都可以作證。」

原來是這樣。即便是神通廣大的幽靈，也無法同時出現在兩個地方——

「當班的女服務生也能作證寺坂小姐是從這裡寄郵件的，所以對方就能明白妳沒有借助春婆婆之手，是自己寫的信。」

原來如此，原來是這樣啊。我的心情稍微開朗了起來——正巧這時我的手機收到訊息通知而震動。

「我是南野，謝謝來信。我剛剛看完了。寺坂小姐果然很厲害。而且讀了妳的信突然很想見見三田村社長，所以想去醫院探病。我現在人在署裡再過一會兒就能離開，方便的話要不要一起去呢？醫院名稱我寫在信中。從這裡到警察署約五分鐘，從妳那裡出發的話，大概走十分鐘左右的地方。」

「妳當然會去吧？」

已經毫不客氣直接看著手機螢幕的老婆婆說。

「若這種時候還不去，妳的人生算什麼呢？」連山田先生都這麼說。「他是以探望社長為藉口，目的是想見寺坂小姐啊！」

「我想應該不是這樣——」

總之我回信告知會去醫院，現在人在餐廳所以會過去他那邊。我立刻收到回信，十分鐘後約在警察署前見。

9

第一次和南野先生在夜晚約見面。不對，仔細想想，我根本沒跟他在任何地方約過見面。都是偶然相遇，或是偶然地、超乎預期地來到那間餐廳，然後在那裡見面，僅此而已。

一想到喜歡的人等著自己，平時的街景也變得截然不同。同樣的街燈有一盞看起來特別明亮。

「抱歉突然約妳出來。」

「不會。」

我們並肩走在秋天冷冽的風所吹拂的馬路上。

「我在信上也寫了，」南野先生開口。「真的很感謝妳解開了暗號謎團。」

「其實，」我回道。「今天的謎團是我自己解開的。雖然之前的謎團都不是我自己解的。」

「之前聽妳說過了，妳所請教的對象是位老婆婆吧。那樣的人真的存在嗎？」

「存在的。」我回答。正確來說並不是人，但不想讓話題變複雜。

「可是今天那位有其他的事，所以無法向她請教暗號的問題。

大概是歪打正著——由於職業關係，所以對語彙的意義較為敏感，更何況那也是我幫忙執筆的社長自傳。」

南野先生沉默了半晌後。

「既然妳都這麼說了，一定就是這樣吧。不，不是歪打正著，之前的謎團是妳所請教的對象所解開的，但今天是寺坂小姐親自展露身手。

即便只有今天的謎團，我也十分佩服。這是真的！」

被這麼一誇，我感到腳跟離開地面似地輕飄飄。

「那麼，就當作你佩服我的紀念，可以回答我一個問題嗎？」

「什麼問題？」

「三田村社長真的介紹女兒給你嗎？」

「啊，是這件事啊。美奈子小姐是很棒的人，可惜她已經有對象了，看不上我。」

聽他的語氣，明白他並不覺得遺憾，我的心情更像要飄到月球上去了。

「從這邊穿過公園是捷徑。」

南野先生這麼說，我也覺得的確是這樣。然而我們雖然穿過公園，卻沒節省到什麼時間。因為我們在公園外的樹蔭下，駐足了一會兒。

因為天氣冷而無法久待，但這段期間活動了彼此的雙脣。活動的時間雖短，卻說出了很重要的事，以及做了另一件事。

兩人再度走到馬路上的時候。

「今後我沒事也能寫信給妳嗎？即使沒什麼不可思議的事想請教，也可以寫信給妳嗎？」

南野先生說，我也想著同樣的事呢，感覺好奇怪。

「我本來以為寺坂小姐是不是喜歡那個人。」南野先生又接著說。「因為你們似乎很要好。」

「那個人？」

「就是餐廳的店長。」

「啊——」他是說山田先生。「他已經有很棒的相親對象了，看不上我——」

雖然山田先生和我並沒有特別要好，但擁有同樣的祕密，才散發出兩人很熟的氛圍。

這個祕密今後會怎麼樣？我閃過這念頭。唯有內心孤寂的人才看得見老婆婆，山田先生雖然是這麼說的——

我心中有些不安。推開醫院的玻璃門，我們從冷冽的夜風中進到有溫暖的消毒藥水味的空氣裡，一想到無論在何處，只要能和南野先生在一起就很開心，先前感到的不安已消失無蹤——

而且說實在的，我並不清楚究竟在不安什麼。

「雖然說內心寂寞，但並不是只要和喜歡的男性或女性交往順利就不會寂寞了。」

我在大眾餐廳裡頭座位上工作到覺得很煩的時候，幸田婆婆過來說了這句話。

「而且其實我也不知道究竟是何種人能看得到我。這道理跟並非所有死者都變成幽靈一樣，或許跟體質有關吧。」

體質。過於簡單的形容。

總之，至少此時此刻我是看得到老婆婆的，也能聽到她的聲音。

倘若再度遇到不可思議的謎團，隨時都能請教她。而且即使不是為了解謎，也能像朋友一樣分享彼此的話題無所不談。

而這樣的人除了老婆婆之外，還有另一個人。

逆思流

心碎餐廳

（原名：ハートブレイク・レストラン）

作者／松尾由美　譯者／李惠芬
榮譽發行人／黃鎮隆　總經理／陳君平
經理／洪琇菁　國際版權／黃令歡　封面圖／廖珮蓉
執行編輯／呂尚燁　美術編輯／方品舒
企劃宣傳／楊玉如、洪國瑋
發行／英屬蓋曼群島商家庭傳媒股份有限公司城邦分公司　尖端出版
台北市中山區民生東路二段一四一號十樓
電話：（〇二）二五〇〇－七六〇〇（代表號）
傳真：（〇二）二五〇〇－一九七九
中彰投以北經銷（含宜花東）／楨彥有限公司
電話：（〇二）八九一九－三三六九
傳真：（〇二）八九一四－五五二四
雲嘉經銷／威信圖書有限公司　嘉義公司
電話：（〇五）二三三－三八五二
傳真：（〇五）二三三－三八六三
客服專線：〇八〇〇－〇二八－〇二八
南部經銷／威信圖書有限公司　高雄公司
電話：（〇七）三七三－〇〇七九
傳真：（〇七）三七三－〇〇八七
香港總經銷／城邦（香港）出版集團有限公司
香港灣仔駱克道193號東超商業中心1樓
電話：（八五二）二五〇八－六二三一
傳真：（八五二）二五七八－九三三七
E-mail：hkcite@biznetvigator.com
馬新經銷／城邦（馬新）出版集團　Cite(M)Sdn.Bhd.
E-mail：Cite@cite.com.my
法律顧問／王子文律師　元禾法律事務所
台北市羅斯福路三段三十七號十五樓
二〇二一年九月一版一刷

國家圖書館出版品預行編目資料

心碎餐廳 / 松尾由美 著 ; 李惠芬譯 . --初版.
--臺北市：尖端出版, 2021.09
面 ; 公分.--(逆思流)
譯自: ハートブレイク・レストラン
ISBN 978-626-308-968-6(平裝)

861.57 110009829